百鬼夜行
怨剎

永續圖書線上購物網　讀品文化事業有限公司
WWW.foreverbooks.com.tw　yungjiuh@ms45.hinet.net

鬼物語系列 03

百鬼夜行——怨剎

作　　者　夏懸
出 版 者　讀品文化事業有限公司
執行編輯　王成舫
美術編輯　林子凌

總 經 銷　永續圖書有限公司
TEL／(02)86473663
FAX／(02)86473660
劃撥帳號　18669219
地　　址　22103　新北市汐止區大同路三段 194 號 9 樓之 1
TEL／(02)86473663
FAX／(02)86473660
出 版 日　2014年11月

法律顧問　方圓法律事務所　涂成樞律師
CVS代理　美璟文化有限公司
TEL／(02)27239968
FAX／(02)27239668

國家圖書館出版品預行編目資料

百鬼夜行——怨剎 / 夏懸 著.
-- 初版. -- 新北市 : 讀品文化, 民103.11
面 ;　公分. -- (鬼物語系列 ; 03)
ISBN 978-986-5808-75-4(平裝)
857.63　103019426

百鬼夜行

怨刹

飛頭蠻

響亮的鬧鐘鈴聲傳入耳中，俊輔慵懶地從床上坐了起來。意識還有些恍神，他拖著沉重的身子下了床，走進浴室，如往常般刷起了牙。

刷著刷著，忽然感到嘴裡有某種怪異的觸感。

他將牙刷從嘴裡取出，發現刷毛上有坨不明物體，瞇起眼睛仔細瞧後，心頭猝然一震，因爲上頭居然黏著一隻蛾！

不過這還不是最恐怖的，真正恐怖的是那隻蛾處於支離破碎的狀態，裡頭滲出暗綠色的液體與潔白的牙膏混成一塊，這使俊輔不自覺地摸起自己的門牙。

「這……這是？」俊輔顫抖地看著自己沾染綠色液體的手指頭，再往牙刷上臟器外露的蛾屍望去，一股強烈的噁心感隨即湧現。

「嘔噁噁噁噁——」

將昨天的晚餐都吐進馬桶裡後，俊輔愕然地望著馬桶裡那團咖啡色穢物，在胃酸的臭味飄散之下，他開始思考爲何會發生這樣的事。

難不成是那隻蛾停在牙刷上嗎？可是他剛剛明明就沒有看到啊？

「該死……」俊輔感到莫名惱火，在拿起漱口水漱了足足十次嘴巴後，便帶著不愉快的心情出門去了。

次日早晨，鬧鐘鈴聲將俊輔從睡夢中拉回，他睡眼惺忪地走進浴室，看到洗手台上那支新的電動牙刷後，才想起那是昨晚去便利商店買的。

啊！在刷牙前，要先看清楚牙刷上有沒有異物。

俊輔仔細瞧著刷毛，發現沒有任何異物，便放心擠上牙膏開始刷牙。

由於是第一次使用電動牙刷，所以嘴裡會感到不習慣的觸感也是理所當然。不過昨天的事還是讓他心裡有些毛毛的，於是他將牙刷拿出嘴巴再檢查一次，就見刷毛上佈滿密密麻麻的黑色小點。

「咦？我昨天晚上沒吃巧克力啊？」俊輔疑惑地皺起眉頭，在視線對焦後，才驚覺那些黑點全都是小黑蚊！

「哇！」俊輔嚇得將電動牙刷摔在地上，之後趕緊用舌頭三百六十度舔了口腔一次，此時舌尖傳來可怕的顆粒觸感，讓他嚇得往洗手台吐一口沫。

「啪！」的一聲，一坨滿是黑色小點的唾液散在洗手台的凹槽上。

不安的情緒湧上心頭。

俊輔現在明白這不是牙刷的問題，而是在他睡覺時從他口中飛進去的！

他漱完口，跑回房內察看這些蟲到底是從哪裡跑來的。結果答案瞬間揭曉，是他的窗戶！由於房間沒有冷氣，電扇也很老舊了，所以他有開窗睡覺的習慣。

「可惡！原來是從外面飛進來的。不過平常開窗時都不會有蟲跑進來啊？」

俊輔邊自言自語、邊不滿地關上窗戶。

唉……看來還是買個紗窗好了，不然熱成這樣，不開窗可是會悶死人啊！

晚上，俊輔買了二手的紗窗回來加裝後，便抱著明早總算是可以安心刷牙的心情步入夢鄉。

第三天，俊輔比鬧鐘預設的時間還要早醒。因爲他在睡夢中突然感到一種很強烈的窒息感，這令他劇烈咳嗽，而在他終於把口腔中的異物咳出來時，他的臉，整個綠了。

這次是一隻蟑螂，一隻又肥又黑的大蟑螂！

「嘔噁噁噁噁——」

俊輔直接在床上吐了，在溫熱的嘔吐物中，他還能清楚見到裡頭夾雜許多蛾與黑蚊的屍骸，如此恐怖的景象嚇得他連滾帶爬地逃出房間。

＊＊

「喂！俊輔，要換教室了啦！」稚氣的女聲傳來後，俊輔才回過神來，原來教授已經下課了，一位穿著米色連身裙的短髮女孩站在他桌旁問：「你今天是怎麼了？剛剛叫你很多次都不理我。」

「是玲奈啊……」俊輔手撐著額頭說：「抱歉……我今天有點不舒服……」

「是喔！話說，你脖子這樣不會痛嗎？」

「咦？」

「咦什麼咦？你是沒感覺嗎？不然我用鏡子照給你看吧！」玲奈從提包拿出粉色小鏡子給俊輔看，俊輔從鏡中見自己的脖子上有一道淺淺的血痕。

「這是汗疹嗎？」俊輔摸著脖子問，玲奈拍了他的背說：「哪有汗疹長那麼整齊的啊？而且還圍成一圈耶？啊！還是你晚上都穿高領睡衣睡覺？」

「怎麼可能！」俊輔激動地說：「夏天睡覺穿高領是要熱死人喔？」

「哈哈！也是啦！」玲奈吐著舌頭說：「不過既然你不會痛，那應該就沒什麼事了吧？」

「嗯……」

俊輔撫著頸上的血痕，想說這該不會與這幾天發生的怪事有關吧？

算了，等等放學後還是照計劃去找傳播系的朋友吧！

晚上，俊輔一回到家，就將從朋友那借來的手提攝影機放在床頭，因爲他現在已經意識到這並非是窗戶的問題。畢竟早上起來時，紗窗是緊閉的，所以如果不是窗戶，那就是這個房間的問題。若真是這樣，俊輔想說或許能利用之後拍到的影片向房東討精神賠償，誰叫他房租收那麼貴，還沒有好好處理蟲害問題，害他這幾天的精神飽受創傷。

而爲了防止有蟲再度跑進嘴裡，他這次是戴著口罩入眠。

隔天，俊輔焦急地將攝影機連上電腦，因爲他迫不及待想知道昨晚是否有發生異狀，所以完全沒有發現，他臉上的口罩已經不翼而飛。

點開影片資料夾，點擊影片並開始快轉。影片中，身穿白色背心的青年戴著口罩在床上呼呼大睡，不過在快轉大約至一分鐘時，俊輔立即發覺影片的內容變得有些詭異。

他將快轉功能取消，只見自己的頭彷彿像痙攣般快速抽搐，接著，令人毛骨悚然的事情開始發生了……他的頭，居然像被某種看不見的異力扭至背後，骨頭斷裂的啪喀聲接連從喇叭中發出，俊輔霎時感到一股涼意從脊椎竄上，不過事情還沒結束，在他的頭從另一邊轉回來後，他頸部的肌肉也因不自然的旋轉而扭成一團。

「原來那道紅線是這樣來的！」俊輔摸著頸子驚呼。

影片中的頭扭轉一圈後，他的雙耳開始像氣球般膨脹起來，由於速度過快，口罩的帶子應聲斷裂，之後，那雙化爲翅膀的雙耳對床一振，熟睡中的俊輔便被頭身分離！

「哇啊！」

俊輔被這詭異的畫面嚇到氣都虛了。在極度戰慄的情緒下，只見自己的頭像小鳥般飛到窗旁，伸出舌頭掰開紗窗後就飛了出去，至於是飛出去做什麼，俊輔想也不想，直接跑進浴室裡面吐了口沫，果然就如『往常』一般，泛黃且微臭的唾液中滿是蟲屍。

怎麼辦？

怎麼辦……怎麼辦……怎麼辦？

俊輔渾身發抖地縮在浴室的牆角，思考到底要如何應對如此詭異的事態。

要將影片公佈嗎？

可是如果公佈的話，那他會不會被當成異類被排擠啊？不，搞不好還會被政府抓去研究也說不定！電影不都是這樣演嗎？

可惡……看樣子只能先這樣了。

俊輔坐回電腦前，拉出鍵盤，開始在2ch上打起這幾天遇到的怪事，而2ch不愧是日本最大論壇，才剛發文沒多久，馬上就有大批網友前來回覆！

在排除掉某些網友的嘲諷與屁話後，俊輔從中發現一個可能有幫助的回答。

> 176：瞳紫瞳紫：2014/06/057:40
>
> 你說的這故事，不就是飛頭蠻嗎？
>
> 這裡可不是給你發盜梗文耍廚地方喔～
>
> 177：蘿莉最高！（俊輔的暱稱）：2014/06/057:41
>
> 不好意思，請問什麼是飛頭蠻？
>
> 178：瞳紫瞳紫：2004/06/057:41
>
> 別裝了啦wwwww
>
> 那麼有名的民間傳說，誰會不知道？

「我就不知道啊！」俊輔拍著桌面怒吼一聲。不過先拋開對方的口氣不太好這點，俊輔認爲他所提的飛頭蠻值得一查，於是他打開搜尋引擎，輸入飛頭蠻這三個字，在滑鼠點擊聲響起後，頁面便跳出數千筆資料。

「哇塞！居然有那麼多跟飛頭蠻有關的資料？」

俊輔驚嘆，隨意點了一個頁面進去，接著很快在閱覽中發現，目前自己身上所發生的總總，的確跟這網頁所寫的一模一樣！

上面寫著，被飛頭蠻附身之人，最大的特徵就是脖子上會有一道血痕。飛頭蠻有著夜出食蟲的習性，所以被附身的人在早起的時候，經常會發覺自己的嘴裡有蟲屍。飛頭蠻的真面目其實是一種名爲梟號的妖怪，這種妖怪大多都是由無法成佛的鳥靈轉變而成，祂們一般會附在喜歡虐殺禽鳥的人身上吸食精氣，被附身的宿主若是不在七天之內將其成佛，那麼將會因精氣耗盡而化爲乾屍！

「不、不會吧！」俊輔難以置信地看著網頁。

如果被附身七天後就會死的話，那他現在已經是第四天了耶！

「我只剩下三天的時間可以活嗎？該死！爲什麼我會被附身！我明明就沒虐殺過那些鳥……咦？等等……」俊輔想到這，靈光一閃，腦海放起前些天他在騎車時，不小心把一隻鳥碾死的畫面。

難不成就是那隻鳥來找他報復的嗎？

可是那時候他又不是故意要碾死牠的，是那隻笨鳥自己要在馬路上啄蟲的啊！

算了！不管如何，對已經發生的事情抱怨根本不會有幫助，還是先看有什麼解決辦法比較實在。

俊輔滾著滑鼠，拉下頁面，一欄寫著驅除方法的欄位浮了上來。

上面寫著，其實鳥獸的亡魂恨意有限，所以只要宿主在七天內到祂死去的地方，抱著真誠的歉意向其獻祭，那就能夠令祂立地成佛。

「喔！原來那麼簡單啊！」俊輔對此感到興奮，本還以爲要請法師，或者是去寺院請人進行除靈儀式之類的，不過看來他現在只要隨便買些水果、拿個香去拜一下就行了。

於是到了中午，俊輔來到他之前碾死那隻鳥的馬路上，雖說事隔多時，小鳥的屍身已被清理乾淨，但他還是知道大概的方位。

等到紅燈亮起時，他趕緊跑到馬路中央將水果佈置在地。雖然這個舉動引來路人們的異樣眼光，可俊輔他現在根本沒時間管這些，畢竟這可是攸關他的生死存亡啊！

俊輔點起一炷香，跪在發燙的柏油路上用虔誠的口吻說：「小鳥啊小鳥，雖然我與您無冤無仇，不過前幾天在這裡把您撞死的確是不可抹滅的事實。所以今天，小的我來為您獻上這些供品，希望您可以就此息怒，立地成佛。」

俊輔說完，向馬路鞠躬幾次後，就把水果與香留在原處離開，而其他車主還以為俊輔是來悼念他曾在這失事的親友，所以都很自動地將車繞開那些供品。

下午，俊輔一回到家，便直接跳到床上喊道：「耶！明天我總算是可以安心刷牙了！」

當天晚上，俊輔在睡夢中隱約感到一種輕飄飄的感覺，雖然眼前的視線模糊不清，不過他能感受到有微風輕輕吹拂在他的臉頰上，冰冰涼涼的簡直舒服至極。

突然見到前方有兩抹人影，俊輔下意識往他們靠去，但那兩人發現俊輔的存在後，卻都跌跌撞撞地跑開了。

奇怪的夢……

這是俊輔睜開眼後，腦海閃過的第一個想法。

緊接著，一種如鐵鏽般的味道猝然在嘴裡擴散，俊輔猛咳一會，那塊異物才掉出嘴巴。

「這是什麼東西啊？」

這一次，不是蛾、不是黑蚊、更不是蟑螂，而是……

一塊殷紅色的小肉塊！

口腔中的鐵鏽味不禁讓俊輔聯想到……血的味道！

「哇啊啊啊啊——」

俊輔失心瘋地撞進浴室內，用劇烈發抖的手抓起自己的舌頭，抓著抓著，密密麻麻的小肉屑就跟著落在洗手台的凹槽上。

「這、這也太扯了吧？我不是已經去獻祭了嗎？爲什麼……爲什麼還會發生這種鳥事？」俊輔對著鏡子大吼大叫，而鏡子中那張沾滿泥土的臉，也就跟著俊輔一同張開血盆大口，放聲咆哮。

＊＊

「原來你在這裡喔？」

玲奈的聲音傳了過來，俊輔才發覺他現在正處在學生餐廳內，不過他並沒有理會玲奈，只是持續用渙散的雙眼望著空無一物的餐桌。

「喂！你幹嘛不理人家啦？」玲奈輕揍他的背一拳。「而且你昨天早上還翹課，你是跑去哪裡鬼混了啊？還有爲什麼打你手機都不接、簡訊也不回，還有還有……」

即使玲奈對俊輔展開問題連環轟，俊輔仍只是像個癡呆老人般望著餐桌流口水。

這時，玲奈突然指著牆上的電視說：「啊！是早上的新聞，俊輔你看一下，這超好笑的啦！就是有兩個盜墓賊半夜跑去自首，然後理由居然是因爲看到有顆頭在空中飛。哈哈！真是快笑死我了！」

俊輔被玲奈這番話吸引，他抬起流滿口水的嘴臉看向電視。電視中，兩位被戴上手銬的男子用驚恐的表情對著記者說：「是真的啦！我們真的有看到一顆頭在飛！」

一股既視感隨即湧現，俊輔總覺得自己好像有見過這兩個人……

「啊！」俊輔驚愕一聲，因爲他想起來了，這兩個盜墓賊，正是昨天晚上在夢中見到的那兩個人！

這到底是怎麼回事？

額頭冒汗的俊輔繼續看著電視，此時另一位男子說：「而且那顆頭啊！還飛進我們挖開的棺木中啃食裡頭的屍肉。如果你們當時也在場的話，那你們一定也會被那個怪物給嚇死！」

「唉噁！他說那顆頭還跑去啃屍體耶！又不是在演什麼恐怖片，對吧？」玲奈轉頭問向俊輔，不料俊輔卻一臉鐵青、渾身直冒冷汗。

「俊輔，你沒事吧？」玲奈擔憂地問。

「嗚噁噁噁噁——」俊輔吐了，大吐特吐。

昨天晚上吃的炒麵，現在已化爲一團黃色穢物灑在餐桌上。

「俊輔！」

這是俊輔在失去意識前，所聽到的最後一聲呼喊。

＊＊

雙眼睜開後，玲奈憂慮的表情映入眼簾。

「這裡……是哪裡？」俊輔發出沙啞的聲音問。

「這裡是保健室喔！」玲奈對俊輔微笑說：「保健室阿姨剛剛有幫你看一

下，她說你應該只是太疲勞而已。」

俊輔坐起身，揉著太陽穴說：「是嗎……」

「是的，不過你我都知道，事情並不是像她說的這樣而已吧？」

「咦？」

玲奈將身子靠向前，露出賊賊的笑容問：「你啊！最近是不是有事瞞著我啊？」

「沒、沒有啊！」由於玲奈的臉靠得太近，俊輔一下子就縮到牆角裡。但玲奈可沒打算放過他，她就像貓一般輕巧地跳至床上，並用貓步爬到俊輔的面前說：「哼哼！我的鼻子可是能嗅出心事喔！快說！你最近到底遇到什麼事了？」

「這……這個……」

怎麼辦？要告訴她嗎？

可是如果跟她說了以後，被她當成怪物不就糟了？

不！這還不是最糟糕的，真正糟糕的是，現在的玲奈因爲爬行姿勢的關係，她胸前的領口因此垂了下來，如果她再向前邁出一步，那俊輔就能從中看到她的……

「哇啊啊！這樣不行啦！」

「什麼不行？」玲奈挑起眉頭問，俊輔緊張地搖頭說：「呃……沒有啦！沒什麼事，呵呵！」

玲奈一把抓起俊輔的領口，壓低著嗓音說：「不要以爲像白癡一樣傻笑就能逃過一劫了。」

「好啦好啦！我說就是了！」俊輔猛點著頭說：「可是妳要先發誓，在聽完之後，不能因此討厭我喔！」

玲奈聽完這話，臉色沉了下來。

「你該不會是做了什麼虧心事吧？像是猥褻小女孩之類的……」

「妳到底想不想聽我說啦？」俊輔不耐煩地問，玲奈才摸著後腦杓笑說：「抱歉抱歉，你說吧！」

之後，俊輔將這幾天遭遇到的事一字不漏地說給玲奈聽。玲奈聽完，用手撫著下巴說：「喔？聽起來就像是三流小說會出現的劇情耶！」

玲奈拍了俊輔的肩膀笑著說：「你搞不好有寫三流小說的才能哦！」

「嘖！早知道就不要跟妳說了。」俊輔抱起雙膝，撇過頭去。

「好啦！不鬧你了，其實啊……我有個親戚專門在處理你遇到的這種科學無法解釋的怪事喔！」

俊輔聽完，眼神一陣閃爍。「真的？」

「對啊！不然今天放學後，我帶你去見她吧！」

「好啊！」俊輔欣喜若狂地點頭，但隨後又問：「不過怎麼之前都沒聽妳提過這件事？」

聽到俊輔的疑問，玲奈露出有些厭惡的表情說：「這個嘛……只能說我和她之間適性不良吧！呵呵……」

俊輔不理解玲奈的意思，直到晚上，當他跟著她來到一間小寺院後，才了解這話的含意。

「唉呀呀！玲奈姊居然親自帶人上門耶！」一位身穿巫女服的小女孩，用著跳踏步來到他們面前說：「好開心喔！我就知道玲奈姊上次說永遠不會再來這句話是騙人的！」

說完，女孩飛身撲進玲奈的懷裡，不停用綁著雙馬尾的頭對著她的胸部磨蹭。在旁的俊輔眼見這幕，呆愣地問：「妳……妳說的人就是她？」

「對啊……妳先給我退下啦！」玲奈奮力將女孩推開，女孩便在空中做出兩個漂亮的後空翻，在像個特攝英雄般瀟灑落地後，女孩握著拳說：「哼哼！幾個月沒見，玲奈姊的胸部也成長零點一公分了，不過玲奈姊的發育期應該已經過了啊？難道是最近有攝取較多的維他命E嗎？」

「沙耶……」玲奈面帶微笑地走到女孩面前，再用迅雷不及耳的速度狠捏她臉頰說：「我今天是來談正經事的，所以沒有時間跟妳胡鬧啦！」

「哇啊啊啊啊──」女孩的慘叫聲直衝雲霄。

過了一會，玲奈才滿臉堆笑說：「俊輔！這位是我的表妹沙耶！她因爲先天體質特殊的關係，所以能夠與常人看不見的東西溝通喔！」

「是的。」臉蛋紅腫的沙耶雙手插腰說：「因爲我智商頗高的關係，所以雖然只有十歲，但已將所有除靈儀式都學習完畢了！」

「是……是嗎？」俊輔傻笑，內心卻對沙耶有所顧慮。

「大哥哥，你現在一定是在懷疑我的能力對吧？」

「沒、沒有這回事啊！」俊輔連忙否認。

沙耶快步走到俊輔的面前，伸出手指向俊輔喊：「飛、頭、蠻！」

「咦？我什麼都還沒說，妳怎麼會知道？」俊輔無意識摸起脖子問。沙耶抱起胸說：「因為我從剛剛就看到，有一隻鳥一直在你的頭上飛來飛去喔！」

「咦？這是真的嗎？」俊輔驚慌地四處察看，但不要說是鳥了，就連半個影子也沒見著。

「正常人是看不到的啦！」沙耶走到俊輔身旁說：「而且牠對你的恨意頗深，深到就連我也感到有點發毛呢！」

「真的假的！那我現在該怎麼辦才好？」俊輔緊張問道。沙耶此時向他亮出手掌，俊輔以為她是要他跟她握手，便將自己的手貼了上去。誰知道在貼上後，沙耶便狠狠甩掉他的手斥吼：「你是笨蛋嗎？我是要你繳錢啦！」

「咦？」

「咦什麼咦？幫人除靈收錢可是天經地義的事情耶！不過看在你是玲奈姊朋友的份上，我算你二十萬就好了。」

「二……二十萬？這也太貴了吧？」

「在同行中這樣算很便宜了。如果你不想繳，那你就等著嘴巴塞一堆蟑螂後變成乾屍吧！」

玲奈見俊輔有些爲難，對沙耶說：「不如讓他分期付款吧？只要讓他簽上同意書，完事後他就一定要給你錢，這是有法律效力的。沙耶妳覺得這樣如何呢？」

俊輔聽完這番話，也趕緊跪在地上喊：「拜託了！我事後一定會還清這筆錢，所以求求妳一定要救救我啊！」

「嗚哇！第一次見到那麼沒骨氣的男人！」沙耶被俊輔求饒的姿態嚇到，思考了半晌，嘆了口氣說：「好吧！分期付款就分期付款，不過我日後可還要算上利息的喔！」

「只要能驅走祂，我什麼都願意做！」俊輔用著哭腔吼道，因爲他再也不想經歷嘴巴滿是蟲屍的早晨了。

於是到了深夜，俊輔、沙耶與玲奈三人來到俊輔當初碾死那隻鳥的地方。

俊輔見昨天擺放的水果不見了，直說：「啊！會不會是我祭祀的供品被清走，所以那隻鳥才又跑回來找我啊？」

「不，這不是供品的問題。」沙耶蹲在地上，用纖細的小手摸著柏油路面說：「通常這種鳥獸的靈魂只要點香祭拜就能直接成佛。不過既然你連水果都獻上的話，那就代表這事可能另有隱情。」

「咦?這是什麼意……」

「住嘴。」沙耶臉神凝重地說：「我在跟祂進行溝通了，你不要煩我。」

「好……」

沙耶開始對著空氣小聲呢喃，這條路到了深夜後就比較沒什麼車，所以沙耶才有充裕的時間與其對話。

五分鐘過後，沙耶站起身來說：「原來是這樣子啊……」接著她往路旁的樹林指去。「祂說祂在那片樹林育有八個孩子，但是祂的老公在上禮拜卻不幸被車撞死，所以後來就只剩下祂在照顧牠的孩子。」

俊輔聽到這，忽然像是知道什麼般，激動地喊：「啊!那之後也被我撞死的祂，祂的小孩不就都……」

「唉呦!本以爲是個笨蛋，想不到腦筋其實還挺靈活的嘛!」

「你們在說什麼啦?我怎麼都聽不懂……」在旁的玲奈聽得一頭霧水，沙耶便用輕鬆的口吻向她解釋：「簡單來說，就是這個大哥哥害祂們家破人亡了啦!」

由於年幼的雛鳥還不會飛，所以三餐都必須由公鳥與母鳥來餵食，而現在，公鳥與母鳥都因車禍而亡，所以雛鳥們自然也就因失去食物來源而喪命。

「天啊！那我該怎麼辦啊？」俊輔抓著沙耶的雙臂問：「家破人亡這種恨可不是上幾炷香就能了事吧？」

「別太小看我了！」沙耶重重踢了俊輔的膝蓋一腳，俊輔立刻痛得抱膝跪地。

「好痛啊！妳幹嘛忽然踢人啦？」

「誰叫你小看我！」她說完，走到一旁的樹林裡說：「現在，就讓你見識一下我的能耐吧！」

語畢，她拿出一本經文與一串念珠開始輕聲誦念。

漆黑的天幕下，俊輔與玲奈兩人靜靜看著沙耶嬌小的背影，一陣涼爽的微風吹過，樹林響起「沙沙」的輕響。

「好了，收工！」沙耶收起經文與念珠。

「等等！這也太快了吧？連十秒都不到耶？」俊輔驚問。

沙耶先嘆了口氣，之後才說：「小動物的靈魂都很容易成佛，我剛剛還順便把這片樹林中的亡魂都給超渡了呢！」

「真的假的？」

「真的啦！不信你去照鏡子！」

俊輔用玲奈遞來的鏡子照了自己的頸部，發現那條血痕真的已經消失不見，直呼：「哇！原來妳還真的是巫女啊！」

「你這傢伙！從一開始就不相信我嗎？」

眼見沙耶又要踢俊輔的膝蓋，玲奈趕緊介入其中幫他求情。「俊輔他不是故意的啦！妳就別再生他的氣了！」

「哼！」沙耶從巫女服的領口中拿出分期付款的契約書，並用凶狠的口吻對俊輔說：「記得要按時繳錢，如果到時候敢給我拖拖拉拉，那就別怪我對你下咒了！」

「是……」在沙耶強硬的口氣下，俊輔只能像條狗般縮在地上。

次日，俊輔從床上起身後，首先做的第一件事，就是用舌頭滑一下口腔內部。

嗯！沒什麼顆粒觸感。

接著他跑進浴室，直接往洗手台內吐了口沫。

這一次，沒有蛾、沒有蚊子、沒有蟑螂，更沒有屍肉，今天散在潔白凹槽上的，就只有一坨泛黃發臭的唾液而已。

「太棒啦！」俊輔高興到整個人跳了起來。雖然被梟號附身不到一個禮拜，但這些天對他來說卻宛如永世的惡夢，如今，他總算又可以如往常般開心的刷牙了。於是他情不自禁地將那坨唾液舔回嘴巴，再來就是咕嚕一聲，吞了下去。

我的叔叔從事捕鯨行業，每到休假的時候，他都會跟我半聊半炫耀他在海上狩獵鯨魚的事蹟。由於他的口才非常了得，所以就算狩鯨的流程繁雜冗長，他也一樣能講得讓人驚心動魄。也因爲這樣的關係，我決定我以後也要像叔叔一樣成爲優秀又英勇的狩鯨員。然而，現實是殘酷的，就在某一天，叔叔的船在海上失事後，雖然海上保安廳的救難隊及時救回他一條命，但過沒幾天，他就在醫院的病房裡上吊自殺了……

在他自殺前，他曾跟我說他在海上遇難的經過。我想可能就是因爲這事對他打擊太大，所以才會導致他一時想不開而結束自己的生命吧？

我還記得，當時他向我訴說他遇難的經過時，那雙深邃的眼神惶恐充斥。我從未見過叔叔如此憔悴的樣貌，昔日陽光、開朗的他彷彿已經隨著他的船一同沉入大海之中。

他說事發當時，他搭乘的捕鯨船正停駛在太平洋上等待鯨群經過。在這裡先補充一下，叔叔工作的捕鯨船是屬於中型捕鯨船，船身總長約八十公尺，駕駛室上的觀測台高度爲十五公尺，船上的船員總數爲三十人；船頭設有一座魚叉砲台，因爲鯨魚的皮很厚，所以魚叉上都設有爆裂物，這樣才能使其炸入鯨魚體內。

那時正處中午時分，汪洋大海上吹來的盡是鹹鹹的熱風，在駕駛室跟船長聊天的叔叔本來想去船頭抽根菸。但就在他踏出去的那一刻，雷達突然響起偵測物體的鳴聲，他往雷達內一看，赫然發現在五百公尺遠的地方有隻龐然大物，而且還正以飛快的速度朝船身游來。

船長憑經驗認定那是頭落單的座頭鯨，馬上要所有船員在自己的崗位上就位。叔叔的職位是觀測員，在船長的命令下，他趕緊爬上觀測台，拿出望遠鏡往船長指示的兩點鐘方向望去；接著他立刻發現五百公尺遠的那端，竟掀起如沙暴狀般的狂風暴雨！雖說海上氣候本來就變化無常，但叔叔狩鯨十餘年，從未見過有風暴的烏雲是直接貼在海面上的！

「船長！」叔叔拿出對講機說：「前方有暴風雨，要不要先讓柴門回來？」

叔叔口中的柴門，是負責在船頭操作魚叉炮台的船員。叔叔擔心這股風暴掀起的巨浪會把他捲下船，才會請求船長先讓他回來，不料船長卻說：「不用擔心！這種風暴來得快，去得也快，就讓柴門繼續在那邊吧！」

「船長你確定嗎?那端的浪已經高達兩公尺了耶！」

「你當柴門是什麼人啊?他可是天生的狩鯨好手，這點風暴根本礙不了他！」

船長話剛落下，右側就傳來一聲爆破，是柴門！他已經將魚叉射出去了！

「有射中嗎？」船長用全船都聽得到的廣播向柴門問道。由於柴門是個大老粗，不帶對講機，所以他用雙臂向船長擺出圈的手勢。

那是目標被擊中的意思。

「看吧！」船長說：「我難道沒跟你說過二十年前，曾跟柴門在超級颶風裡狩鯨的事嗎？」

叔叔啞口無言，雖說早知道柴門是條不俗的漢子，但能將魚叉精準擊中巨浪中的鯨魚已經不是人類能做到的事情了吧？明明那一端烏雲密佈，難道他單靠直覺就能夠預測鯨魚的動向？

「喂！柴門！」船長突然用廣播大喊。「牠還在動，你得再射一箭！」

柴田擺出軍人敬禮的手勢，再將炮台架起，重新裝填新的魚叉。

船長說：「柴門，這一發一定要讓牠死，不然牠現在距離船身不到兩百公尺，在這樣下去會直接撞上我們的。」

柴田向駕駛室揮著手，那不是在打招呼，而是在表示船長太囉嗦，要他閉嘴的意思。

就在這時，叔叔忽然感到事情有些不太對勁，但卻又說不出哪裡怪，直到船長說出「一百公尺！」時，他才茅塞頓開。

那個風暴，是隨著那頭鯨魚過來的！

叔叔記得方才船長說五百公尺的時候，那端的風暴正好也距離他們五百公尺，而現在船長說一百公尺，那風暴也就一同來到一百公尺的位置！

不可能那麼巧，這事肯定有詐！他立即向船長請求：「船長！快讓柴門回來吧！」

「就快要獵到了，讓他回來做什麼啦？」船長說完，用廣播喊：「喂！五十公尺了喔！」

「該死……」眼見風暴就要襲來，叔叔懶得向船長解釋了，他直接滑下觀測台的鐵梯，直直往船頭奔去。

「十公尺！」

「柴門！你快回來！」

「五公尺！」

「我看到牠的影子了！」

「柴門——」

吼音剛落，船身頓時被排山倒海而來的風暴給吞噬掉，船頂上霎時風雨交織，雷火交加，狂暴的雨水打在甲板上發出「啪啦啪啦！」的噪響。

「天啊！這雨也下得太大了吧？」柴門的抱怨聲傳來，叔叔感同身受，這陣驟雨猶如漆彈般打得他們全身直發疼。

「所以我才叫你先回來啊……咦？」

叔叔不禁倒吸了一口長氣。

在船頭前方，竟豎起一片如鯨尾鰭般的物體，其寬度約十五公尺，但那很明顯不是鯨魚的尾鰭，因爲那上頭居然佈滿了密密麻麻的彎鉤！

在他前方的柴門同樣也愣住了，他直盯著那片尾鰭，緩緩地向後退去。

「柴門，你過去有見過這樣的東西嗎？」叔叔向經驗豐富的柴門問道。

「沒有……倒是有聽祖父說過類似的生物，好像是叫磯龍捲吧？」

「磯龍捲？」

「嗯！就是……」

尾鰭突然從柴門的頭上砸了下來，「磅！」的一聲巨響震得叔叔腦筋一片白茫。

等到回過神時，柴門已經被那片尾鰭上佈滿的彎鉤給釣起；柴門那被刺得千孔百洞的身體，在右側襲來的暴風之下，鮮血便順著風向往左側噴灑出去。

「柴門！」叔叔失措驚叫，但已經來不及了，尾鰭一個後擺，柴門瞬間被拉下船頭，消失在叔叔的眼前。

「雄一郎！」船長用廣播呼喚叔叔的名字。「你快回來，牠還在船頭附近啊！」

叔叔聽聞，趕緊朝駕駛室奔去。

「船長！你剛有看到嗎？」踏入駕駛室的叔叔驚問。

「當然有啊！媽的！不曉得是什麼怪物，居然敢這樣對待我的船員！」船長激動到面紅耳赤，拿起廣播命令所有船員全部下去船艙拿來福槍。（捕鯨船上通常會配有來福槍，其目的是要用來射殺被拖行至甲板上，但尚未停止呼吸的鯨魚。）

「船長，你要他們去拿來福槍做什麼？」叔叔不解地問。

「當然是去斃了那頭畜生啊！雄一郎，你也去接手柴門的位置吧！」

「等等！你難道不先離開這個暴風圈嗎？」

船長這時將雙手放在叔叔的肩膀，壓低著嗓音說：「雄一郎……你應該也了解那頭生物是隻珍奇異獸了吧！如果我現在離開這裡，誰知道以後還要等多久才會再遇到牠。」

「你……」叔叔從船長口吻中聽出錢的聲音，於是憤怒地喊：「柴門都被牠害死了耶！你這時候居然還在想這種事情？」

「雄一郎！」船長大聲咆哮。「你應該也很明白吧？現在的捕鯨業已經被國際法搞到沒有未來了。如果你往後還想要有安穩的日子，那就乖乖聽我的話，去把那頭怪物給獵回來！」

「嘖！」雖然叔叔心中百般不願意，不過船長說的話也沒錯，在僞善的海洋守護協會與綠色和平組織的譴責下，代表日本傳統文化的捕鯨業逐漸式微的確是事實。爲了不讓自己以後成爲家人的拖油瓶，叔叔這下也只能硬下心來，穿起雨衣往魚叉炮台前進。

其他手持來福槍的船員都站到甲板上後，船長以廣播大吼：「十點鐘方向，一百公尺！」

所有人往左側望去，便赫見海面露出一片如鯊魚背鰭般的巨大物體。

「在那裡嗎？」到達船頭的叔叔，將魚叉炮台對準那片背鰭，扣下扳機。

海面轟隆一響，水花高高濺起，但背鰭沒有停止，仍是筆直地朝船身前來。

「五十公尺！」

「就靠你們了！」連忙裝填魚叉的叔叔對著舉槍的船員們喊道。

船員們見背鰭直衝而來，紛紛扣下扳機。響亮的槍鳴與雷鳴混爲一塊，那片背鰭上也開始噴出血水，不過就連爆炸性魚叉都無法射殺牠了，區區的來福槍又怎麼可能擊退牠呢？

「十公尺！」

「快趴下！」叔叔大喊，同一時間，背鰭硬生生撞上船身，甲板再度劇烈晃動！

「哇啊啊！」船員們各個跌得東倒西歪，緊張的叔叔趕緊穩住身子，突然發現那片背鰭已經不見，取而代之的是剛剛在船頭豎起的巨大尾鰭，但柴門的屍體卻沒有在上面。

叔叔驚覺有異狀，對船員們大喊：「你們快逃！」

「磅！」

尾鰭重重地砸在甲板上，五名船員的身子被上頭的彎鉤給勾了起來。

「可惡！」叔叔使盡全力往尾鰭的方向狂奔，接著一個跳躍，想抓住其中一位船員的腳，但尾鰭快如閃電，一瞬間就將那些船員給拖入海底之中。

「哇啊啊啊啊！」叔叔氣憤地捶打甲板，其他船員則是過於恐慌，全都扔下來福槍，倉皇地逃回船艙內。

「喂！你們這些笨蛋回來幹嘛？」船長的怒罵聲從駕駛室傳來。叔叔已經沒心情理會船員被罵的狀況，他彎下腰，撿起地上的來福槍，開始朝海底亂射一通。

「去你的！你這該死的畜牲，有本事就直接正面上啊！不要只會用那條下賤的尾巴來襲擊我們好不好？」

對方貌似聽到了叔叔的怒吼，像鯊魚般的背鰭再度從船的左側兩百公尺處浮了起來。

「這就對了……來吧！就這樣過來，像條漢子與我正面決一勝負！」叔叔邊吼、邊朝背鰭開槍，一旦彈藥用盡，他就迅速用腳踢起地上的另一把來福槍射擊。

雖然我不在現場，不知道實際情況如何，但在我的想像中，當時不停切換來福槍高速射擊的叔叔，其姿態肯定就像動畫：魔法少女小圓中的巴麻美一樣華麗帥氣。

不過就算再怎麼厲害，來福槍終究是來福槍，對於能夠在爆炸性魚叉下存活的巨獸來說還是太弱了。

「兩公尺！」船長吼出這話的那一剎那，海面同時躍出一頭龐然大物，叔叔也是在這時才總算看清牠的面貌，原來牠是一頭似鯊非鯊的怪物！

牠那呈三角形的頭迎面朝叔叔襲來，叔叔一個閃身，往船頭處翻去。緊接著「磅！」的一聲，船身頓時被那條巨獸給砸成兩半！叔叔也因槓桿原理的關係，直接從掀起的甲板上彈飛出去，在空中飛了約十幾秒後，落入海中。

「撲哈——」叔叔從海中探出頭來，只見不遠處的捕鯨船已經開始往海裡沉沒。由於事情發生得實在是太快了，叔叔心中萬感交集，撲簌直流的雙眼流的不是淚，而是滿滿的挫敗與軟弱。

在船身完全消失在海平線上後，暴風雨就跟著停了，那條巨獸也彷彿像是達到牠的目的一般，再也沒有出現過。接著，叔叔一人呆愣地在海上漂了六個多小時，才被海上保安廳的搜救人員發現。

叔叔說完這段遭遇後，他的雙手還頻頻發抖，我擔憂地握起他的手，想要安慰他，但他卻突然性情大變，要我滾出去。當時我還搞不懂是怎麼一回事，直到他自殺後，我才明白叔叔的靈魂，已經被那場災難傷得滿目瘡痍，畢竟他可是親眼目睹到，相處已久的夥伴們全員喪命的殘酷景象啊……

之後，我開始著手調查叔叔所提到的磯龍捲一事，發現磯龍捲其實在古時候的民間故事中就有記載，但無奈資料太少，一直無法更深入了解磯龍捲到底是什麼樣的生物。直到我升上高中，在班上認識一位名叫沙耶的同學後，才從她口中得到了我要的資訊。

由於沙耶天生體質特殊，加上她又是巫女的關係，所以平常就有在研究各種超自然生物。根據她的說法，磯龍捲是海妖的一種，每當牠一現身，必定會帶來一陣狂風暴雨，有時候甚至還會掀起水龍捲風，所以古時被牠襲擊的漁民才會稱牠為磯龍捲。而牠最大的特徵，就是尾鰭上有無數根如魚鉤般的彎鉤，所以也有人說，磯龍捲是由被捕獲而死的魚靈所聚集成的怨靈體，因此牠才會利用釣的方式來報復人類，就如同人類用魚鉤將牠們釣出海面一樣。

不過傳說歸傳說，至於實際情況如何，沙耶說她也不太曉得，畢竟磯龍捲的目擊報告真的非常稀少，而且磯龍捲的真面目搞不好不是妖怪，而是UMA未確認生物也不一定。

但不管真相如何，我已在心中發誓，等到我未來從事遠洋漁業，成爲一位優秀的船長後，我一定會帶著我的船員，去叔叔的遇難地點獵捕那頭巨獸，就算會因此付出慘痛的代價，我也要將其誅殺，因爲唯有這樣，才能夠讓叔叔的在天之靈長眠安息！

百鬼夜行
怨刹

噴射婆婆

大阪市月幕朦朧，長夜漫漫；一座高速公路的架橋下聚集了百名青年，身穿白袍的他們各個面目猙獰，凶相畢露。

突然，機車引擎的轟鳴聲從遠處傳來，隨後三名身穿黑袍的騎士進入他們的視線；一位頭頂著金色飛機頭的青年見狀，直說：「居然只有派三個人來？是不是太小看我們『怒天戰鬼』了？」

怒天戰鬼，目前為大阪勢力最強盛的武裝暴走族，旗下成員盡是無惡不作的凶神惡煞，其隊長伊藤創地更是在統一大阪途中被判了五次殺人未遂，進出感化院次數不勝枚舉。在以極端的暴力統一大阪內的隊伍後，怒天戰鬼已成了其他各地聞風喪膽的車隊，無人敢在大阪市的夜裡上街，就怕運氣不好，沾上血光之災。

然而就在三天前，一隊名為聖主黑十字軍的外來車隊，竟以更加凶殘的手段血洗大阪各大街區，怒天戰鬼旗下據點紛紛遭到血腥肅清。伊藤創地勃然大怒，向外發出消息要對方的首領出面，否則他將率隊討伐，誓死將對方殺到片甲不留。

今晚正是兩隊相約談判的日子，不過原以為對方會率領大隊人馬，但沒想到居然僅來了小貓兩三隻，這讓伊藤創地感到自己不受尊重。在那三人駛到橋下後，創地挺出了結實的胸膛，踏出粗大的雙腿從人群中站出。

「喂！你們這是什麼意思？」創地吼道，粗獷的嗓音宏亮有力。

身穿黑袍的三騎士只有一人下車，一位染著銀髮的少年踏上前來，由於創地身高近乎兩米，銀髮少年還得抬起頭才能直視他的雙眼。

「不好意思，我不懂你的問題點在哪，能請你再說一次嗎？」銀髮少年微笑地說。

「你們的車隊呢？」創地壓低著嗓音問。

「都在老家。」

「什麼？」創地板起面孔。「這可是車隊之間的談判，談不好的話可是會血流成河的，你居然只帶兩個人來？難道你對談判的結果這麼有信心？」

「是啊！其實我是因爲外來的車隊不能直接越級向當地地主挑戰這條規則的關係，所以才會利用這種方式直接和你碰面，這樣才不會浪費太多時間。」

銀髮少年此話一出，立刻使怒天戰鬼的成員騷動起來。

「你們這些混帳！」飛機頭青年跳出來說：「就因爲不想照規則走，所以就這樣傷害我們的人嗎？」

創地轉身指著飛機頭吼：「石田你給我退下！現在還輪不到你插嘴！」

「抱歉，老大！」石田九十度彎腰向創地低頭道歉。

「好了，回到正題。你說你因爲不想浪費時間，所以想直接向我挑戰是嗎？」

「是的，就是這樣！」

「唉……你們是從神戶來的對吧？我知道你們只用了一個月的時間就拿下神戶的統治權，不過我告訴你，神戶跟大阪的等級差多了，勸你不要只因爲統一那個爛地方就太過得意忘形了。」創地拍拍銀髮少年的肩膀說：「像你這種乳臭未乾的小鬼啊！還是好好照規則玩吧！否則到時候怎麼死的都不知道。」

「所以你的意思是……不接受我們越級挑戰嗎？」

「是啊！雖然你們的確對我的手下做了很多過份的事，不過我在你的雙眼中見到了昔日的自己。看在這份野心，我今天就饒過你，這場糾紛可以當作從沒發生過。」

「是嗎？那還真是感謝你的大恩大德，不過我本來就預計要在今晚拿下大阪，所以可不打算就這樣回去呢！」

「你說什麼？」創地的額頭爆出青筋。「小子，老子我可是英雄惜英雄才放你一馬，但如果你還是要這麼不領情，那就別怪我不客氣了！」

「嗯！儘管來吧！」銀髮少年說完，身後兩名騎士跟著下了車，一位是戴著眼鏡的青年，另一位則是留著長髮的少女。

少女有著像貓一樣大的雙眸、像雪一樣白的肌膚，石田見狀，色心頓起。

「唉喲？沒想到居然還有那麼正的隊友！」石田走到少女旁說：「小姐，妳現在待的這個爛隊活不了多久了，妳就直接加入我們吧！我保證，我絕對會好好款待妳的喔！」

少女狠狠瞪了他一眼說：「滾遠一點，雜種！」

「什麼？」石田惱羞成怒，從白袍中抽出了一把木刀。「只不過是個女人，居然敢這樣罵我？妳死定了！」

接著他高舉木刀，作勢要往少女的臉上劈去，但此時少女卻只冷冷地說了聲：「祕術・地獄青之燃。」

語畢，只見一道水柱從少女黑色的袖口噴出，石田迎面噴上，當場摀起臉孔，蜷起身子在地上翻滾。

「哇啊啊啊！好燙！好燙啊！」石田的哀號淒厲無比，戰鬼的隊友聽聞都不禁感到頭皮發麻、汗毛直豎。

雜魚一號驚慌地說：「居然能讓石田哥慘叫成這樣，這到底是怎麼做到的啊？」

雜魚二號緊接著說：「妖術啦！剛剛沒聽到她喊了類似咒語的話嗎？」

「是妖術嗎？」其他雜魚驚聲尖叫：「那我們該怎麼辦啊？」

「白癡喔！」創地面紅耳赤地吼：「那只是防狼噴霧而已啦！媽的！擺明不給我面子，大家給我上！」

其他雜魚聞聲，一同抽出木刀齊聲吶喊：「殺啊啊——」

就在這時，一道紫白色的閃光瞬間竄過人群之中。在數十人紛紛像斷了線的木偶癱倒在地後，眼鏡男從倒下的人群裡站起，並將閃爍紫白光芒的棒狀物指向上空說：「聖器・宙斯雷霆之劍！」

其他雜魚被這幕嚇得魂飛魄散，直呼：「哇啊啊！宙斯顯靈了啦！」

「笨蛋！那只是普通的電擊棒啦！」創地憤怒咆哮，但此時已經沒有人敢再接近他們。創地見自己手下被耍得團團轉的模樣，破口大罵：「嘖！一群沒用的傢伙，算了！我自己來！」

創地脫下白袍，身穿背心的他露出兩隻壯碩的雙臂，若正面吃下他一拳，肯定會因此昏迷三天三夜。

「去死吧！」

「等等！」銀髮少年攤開手掌說：「我還沒秀出我的絕招呢！」

創地嗤之以鼻：「哼！反正一定又是些下三濫的小道具，老子我才不怕……」

「AT4反坦克火箭炮。」

創地心臟差點從喉嚨跳了出來。

「喂！等一下啦！你、你你你你……」創地嚇到話都說不清楚，因爲少年正拿著一把深綠色、長約一公尺的炮筒對著他的臉！

「現在你只剩下兩個選擇，看是要把大阪統一之名讓給我，還是就在這裡接受神的制裁？」

創地見少年眼神堅定，知道他是玩真的，於是雙腿一軟，像個小女孩般癱坐在地。

「好、好啦！我投降就是了啦！」

「聽明的選擇。」少年冷笑，將火箭筒放了下來。

「不過就算接手我的位置，也不代表你就真的統一大阪了喔！」創地氣虛地說。

少年皺眉頭問：「什麼意思？」

這時，創地將手指向了上方的高速公路。「在那上面，有一位名爲T・O・W的人，她的速度是全大阪……不，應該是全日本之最，就連我們騎車技術最厲害的隊員都沒有贏過牠。所以我們怒天戰鬼雖然是大阪最強的車隊，但實際上仍然有人在我們之上！」

「喔？」少年往高速公路望去，嘴角微微上揚。「所以我們還得戰勝她，才算是大阪真正的王者嗎……哼！有意思。」

「燃！」少女露出擔憂的神情。「別聽這傢伙胡說八道，他只不過是在垂死掙扎罷了！」

「不，T・O・W是真有其人。」燃轉過頭來說：「T・O・W，全名爲Turbo Old Women。至於爲何會被冠上Turbo（渦輪增壓器）之名，正是因爲她光用腳，就能讓自身時速突破一百公里！我老早就想要跟她決一勝負，但由於全國各地都有她的目擊情報，所以我一直無法鎖定她真正的方位，直到現在。」

燃回過頭，在創地的面前蹲下問道：「T・O・W出現在大阪有多久時間了？」

「已經有兩個月了。媽的！自從她來了以後，就一直霸佔著高速公路的夜路權，我看她啊！根本是想常駐在大阪了吧！」

「常駐是嗎？呵呵！真有意思啊！」燃站起身，走回自己的機車旁說：「那麼今夜，就是她在大阪的最後一夜了！」

十分鐘後，大阪七號高速道上聚集了許多人潮，從上空望下去，路面上幾乎被身穿白袍的怒天戰鬼們染為一片白，只有三個黑點位於道路的中央，那是聖主黑十字軍的隊員。位於中央的銀髮少年——燃是隊長；左邊戴著眼鏡、名為英斗的青年是副隊長；右邊留著長髮、有雙水汪大眼的女孩未彩則是隊內的武術教官。

創地站在他們三人車頭燈投來的藍光前說：「從這裡到盡頭處的長度為二十一公里，這條路因為是通往鄉下的關係，所以車流量極少，你們待會就放心地飆吧！」

「那T・O・W呢？」燃問道：「她知道我們要上來挑戰她這件事嗎？」

創地笑道：「不用擔心，你們現在直接往前衝就對了，大約騎個五分鐘左右，她就會從你們的後面追上來了。」

「是嗎？真是有趣的人啊！」燃露出了滿懷期待的笑容，他深深期待今夜的T・O・W，能帶給他比往日競賽還要更加刺激的飆速體驗。

接著他右手一轉，引擎聲轟隆地響了起來。

「英斗、未彩，走吧！」

「是！」

吼音剛落，三人瞬間向前奔馳，不到幾秒，他們的車尾燈已從怒天戰鬼們的視線中消失不見。

＊＊

時速突破兩百公里的風切音不停從耳旁呼嘯而過，由於燃一行人都沒戴安全帽，所以他們的臉現在都被狂風吹得唇飛齒露，看起來就像鬼一樣。

突然，未彩感覺身後有什麼東西，往後照鏡一看，赫然發現一位老婆婆就在她的後方跑著！她趕緊按下喇叭，向前方的燃表示對手已經出現了。

「總算來了啊？Turbo Old Women！」燃熱血地喊。

未彩驚覺老婆婆已經跑到她的左邊，便伸手到黑袍中拿出一團黑色珠子。

「哼！就算妳是老人，但我可不會就因此就手下留情！」

語畢，她將手中的黑色珠子扔往老婆婆的方向，「劈哩啪啦！」的噪響登時蓋過了風切音，原來未彩她扔的珠子是甩炮！

其實聖主黑十字軍在神戶是出了名的下流車隊，他們用盡各種骯髒手段就只爲了贏。

「死了吧！老太婆！哈哈！」未彩見老婆婆消失在自己的左側，放聲大笑。

「還我孫子來……」老婆婆的聲音冷不防從右側傳來。

「什麼？」未彩驚聞，身子不禁哆嗦。

她是從哪時候跑到自己的右邊的啊？

就在這時，一股白色的衝擊波從老婆婆身上爆發而出！

——是音爆！

由於物體突破音障時會瞬間壓縮空氣形成壓力波，因此在壓力波釋放之後都會帶來一聲巨大的轟鳴！

「哇啊啊——」未彩被這波音爆震到從車上摔下，翻覆的機車在高速行駛下頓時摔得支離破碎，未彩還因為慣性的關係，在地上翻了好幾十圈，殷紅的血狂亂地四處灑濺，大約十幾秒後，她才從翻滾中停了下來。現在的她，全身上下多處挫傷，脾臟、胃、肺臟紛紛遭肋骨刺穿，幸好她在機車翻覆的那一剎那就把自己的腦袋摔破了，因此才沒有感受到劇烈的疼痛。

「未彩！」位於前方的英斗見狀，發覺身後的老婆婆非常危險！

老婆婆此時一個箭步，瞬間化為殘影來到英斗的身旁。

「還我孫子來！」老婆婆用著悲憤的口吻對英斗咆哮。

英斗拿出電擊棒斥吼：「什麼孫子啦？妳這老太婆見鬼去吧！」

不料在將電擊棒劈去之際，老婆婆竟一手抓住了他的電擊棒！

「不會吧？這把電擊棒可是高達一百萬伏特耶！」英斗看著電擊棒閃爍的紫色白光，再看老婆婆一臉無恙地抓著電擊棒，頭皮便猛然發麻起來。

這傢伙……根本就不是人吧？而且她的雙腳，居然跑得像高速運轉的電扇般都是殘影，就算是世界上跑速最快的獵豹也做不到這種事啊！

「把我的孫子還來！」老婆婆將手往後抽，連棒帶人將英斗給拉出機車外。

「哇啊啊啊啊——」英斗的雙腳登時摩擦地面，由於目前時速突破兩百公里，他的雙腳立刻被粗糙的柏油路面削去了一大塊皮，只見兩條血痕不停從他的雙腳下畫出，他疼得哀嚎：「好痛！好痛啊啊啊啊！」

接著他手一軟，迎面撞向路面，腦袋當場像西瓜般炸裂開來，身子還因慣性而翻覆了好幾圈，最後重重摔爛在地，死了。

「未彩、英斗！」燃看著後照鏡驚叫著。

可惡……本來還以為自己的車隊已經是最下流的車隊了，但萬萬沒想到T・O・W居然比自己的車隊還要賤！

不過……就是要這樣才有趣啊！

由於從未遇過勢均力敵的對手，燃的嘴角微微上揚。

「真有意思啊……妳這個老太婆！」

語畢，燃俐落地用左手單舉AT4反坦克火箭炮，直接對身後的老婆婆扣下扳機。

「轟！」的一聲，火箭彈頭以每秒三百公尺的速度朝老太婆直衝過去，但就在快要擊中在她臉上之時，令人魂飛魄散的怪事發生了！

老太婆她……居然一手就將彈頭給接住了！

「什麼？」燃亡魂喪膽地尖叫，腦海的齒輪還因這異常的景象而停轉。

「把我的孫子還來！」老太婆發出淒厲的嚎叫，燃的動態視力很好，所以在高速下能夠見到老婆婆的表情，那是一張充斥著憎恨與悲憤、集結負面情緒於一身才會露出的猙獰面貌！

「什麼孫子……她到底是在說什麼啊？」

就在燃感到疑惑的剎那，老婆婆已經用電光石火的速度來到他的身旁。燃轉頭與老婆婆四眼相交，只見老婆婆對他露出了微笑，但那是一份含有惡意的微笑，因爲她在笑的同時，她也將手中的彈頭給扔了回來。

「完了……」

這是燃在這世上說的最後一句話。

＊＊

遠方傳來震耳欲聾的轟天巨響，創地拿起望遠鏡，見遠方燃起熊熊大火後，開懷大笑。

「哇哈哈哈！那群白癡，是不知道T・O・W其實是對暴走族懷有強烈怨念的惡靈嗎？」

沒錯，Turbo Old Women正是爲了狩獵暴走族而生的惡靈！

由於在她生前，她的孫子因半夜誤闖暴走族爭奪據點的械鬥中、遭亂棒毆打而橫死街頭。老婆婆心有不甘，抱著強烈的怨念喝下荷蘭原裝進口的10w60競技用機油，當場因急性中毒暴斃身亡。

附帶一提，害死她孫子的人正是怒天戰鬼的隊員，所以她死後的亡靈才會滯留在大阪。雖說其他各地也有T・O・W的傳聞，但大多數都只是沒有根據的都市傳說罷了，只有在大阪七號高速道上的T・O・W才是真正的噴射婆婆。

原先創地還認爲T・O・W是個麻煩的存在，但是在見識過她的力量之後，他發覺到可以利用她來成爲自己的最後防線。就像今夜所發生的事情一樣，如果沒有T・O・W的話，那麼現在，大阪的統治權肯定已經被聖主黑十字軍給奪走了。

創地放下了望遠鏡，對遠方冒起的狼煙說：「真是謝謝妳啊！雖然妳在過去因痛恨暴走族而不斷襲擊我們，但現在妳也成爲我的掌中物了呢！以後如果又再發生這種事的話，我一定會誘導那些車隊前來挑戰妳，到時候啊！就請妳再幫幫忙，把他們全部都誅殺殆盡吧！呵哈哈哈哈！」

「我會的……」老婆婆嘶啞的嗓音從身後傳來，創地嚇了好大一跳，猛然回過頭，一片血紅的屍海躍入眼簾。

「什……什麼？」

在銀白色的月光之下，怒天戰鬼兩百多位成員全部躺倒在地，白色的特攻服上滿是鮮血，還有人遭開膛剖腹，血淋淋的內臟掉得遍地都是。

「哇啊啊——怎麼會？怎麼會這個樣子？」創地發抖劇烈，面容慘白。他向後退了幾步，感覺背後撞到某種柔軟的物體。

戰戰兢兢地轉過頭，只見一張腐爛的臉孔正直直盯著他，創地感到全身無法動彈，只能直盯著老婆婆那雙發著紅光的眼睛瞧。

「把我的孫子……還來！」老婆婆悲憤怒喊，張開的嘴巴還湧出了琥珀色的液體，刺鼻的機油味直撲鼻腔。創地頓時感到雙腿的力量逐漸喪失，低頭一看，原來老婆婆的手已經插進了自己的胸膛之中。

「嘔噁——」創地吐一口鮮血，隨後在一陣天旋地轉下喪失了意識……

從此之後，大阪的夜晚再也不會有暴走族騎車奔馳的噪響，因爲他們深怕騎車的時候，身旁會忽然多出一位老婆婆，並且用著猙獰的面貌對他們說……

「把我的孫子還來！」

木霊

電鋸的引擎聲轟轟作響，女孩癱跪在地，神情木然。

一陣微風輕輕拂過，散落在地的柳葉隨之起舞，女孩將視線躲往橘紅色的天空，因為被掀起的柳葉之下，躺著女孩那被鋸得四分五裂、亂七八糟的家人們。

「為什麼……為什麼要這樣對待我們？」女孩發愣地問，兩眼的淚水撲簌直流。

轟轟作響的引擎聲逐漸靠近，女孩閉上濕透的雙眸，默默迎向與家人相同的末路。

「住手！」

「咦？」女孩睜開雙眼，一名身穿褐色西裝的男子映入眼簾。

「怎麼了？」手持電鋸的男子問道。

「我想留下她。」

「為什麼？」

「因為她很漂亮，所以我想留下她。」西裝男子說完，對女孩露出一抹微笑。

＊＊

因父親調職的關係，奈緒離開原先的學校來到了寒寺小學，然而在剛踏入六年五班時，她便感到這個班有些不對勁。

果然一到下課，一名戴著眼鏡的男孩就被其他同學推倒在地，再來他們什麼話也沒說，直接就是對男孩一陣拳打腳踢。

奈緒對這極端暴力的場面感到恐懼，坐在她身旁的女孩向她解釋，那位遭毆打的男孩名叫信孝。由於他在兩個月前被人發現他偷舔小梨的腳踏車座墊，而小梨是這個班上的班花，所以此事傳開後引起許多愛慕她的男生不滿。

特別是貴九，他是小梨的青梅竹馬，和小梨的感情比誰都還要深，所以在聽到有人對自己的好友做出不雅舉動當然非常憤怒，於是後來就演變成現在這樣了。

奈緒聽完，雖然覺得信孝的確有錯在先，不過看他被其他男生打到鼻青臉腫的模樣，就又對他感到有些同情；奈緒身旁的女孩看出她有些動搖，便握起奈緒的手說：「這件事已經發展到無法阻止的地步，所以千萬不要插手，否則妳可能也會受傷。」

「好……謝謝妳告訴我那麼多，請問我該怎麼稱呼妳呢？」

「我叫宮田梨紗，妳可以叫我小梨就好了喔！」梨紗對她嫣然一笑，奈緒才驚覺原來眼前這位留著鮑伯頭的女孩就是班花。

後來，只要是老師不在的時候，六年五班都會上演霸凌的戲碼。雖然情節總是反覆如常，老是由貴九帶頭欺負，其他人跟在後頭補刀，不過班上的同學依舊樂此不疲。

在奈緒的眼中，比起動手毆打信孝的同學，其他在旁叫囂的同學更是令她作嘔，當然，對於總是不出面制止的自己也感到鄙視。於是在一次的體育課中，當信孝又被推倒在地準備受人欺凌時，奈緒她終於鼓起勇氣，爲信孝挺身而出。

「夠了！」奈緒站在信孝面前，張開雙臂對大家喊道：「你們別再做這種事了！」

貴九摩拳擦掌，直說：「讓開，轉學生別插手管我們的班務事。」

「我不要！」奈緒挺起胸，抬頭怒視比她高的貴九說：「你們就在此停手吧！這種事一而再、再而三的做，你們難道都不會感到罪惡感嗎？」

「不會啊！」貴九撇頭回去問大家：「你們有感到罪惡感嗎？」

「沒有喔！」大家異口同聲地說。

「聽到了吧！」貴九提起雙肩，用無奈的表情說：「我們可是在貫徹正義，怎麼會有罪惡感呢？」

「貫徹正義？你說欺負人叫做貫徹正義？」

「別誤會了，我們可沒欺負他，而是在教導他以後不要再犯這種錯。」

「把人打到全身是傷最好算是教導啦！」

「有教就有罰，處罰會留下傷痕是一定的。不讓他挨點疼，他哪會記取教訓？」

見貴九理直氣壯地說些歪理，奈緒決定不與他爭論，她向站在同學中的梨紗說：「小梨，雖然信孝他曾對妳做出很過份的事，但都已經過了那麼久，妳應該也覺得這種事該適可而止了吧？」

「的確……是時候該停止了呢！」梨紗聽出奈緒的弦外之音，她知道奈緒是希望她能夠當著大家的面原諒信孝，這樣就可以讓信孝不再被欺負，於是她順著奈緒的意，走到信孝面前說：「好吧！我原諒你了！」

「咦？小梨妳是認真的嗎？」貴九滿臉不解，梨紗蹲下來摸摸信孝的頭說：「是啊！我想信孝已經學到教訓了，所以你們以後不要再對他動手了喔！」

接著梨紗站起身，對奈緒微笑：「這樣子就可以了吧？」

「啊、嗯嗯！」由於事情出乎意料的順利，奈緒她還愣了一下。

「嗯！妳開心就好。」梨紗說完，轉身過去向其他同學喊：「那我們趕快去打球吧！不然體育課一下子就要過了。」

「好喔！」同學們很有精神的回應後，便一同往球場奔去。

「好了，你現在沒事了喔！」奈緒蹲下來，將倒在地上的信孝扶起，不料信孝卻把奈緒的手給狠狠拍掉。

「不要碰我！」信孝抖著身子，用驚恐的神情看著奈緒。

「怎、怎麼了嗎？」

「妳是白癡嗎？」信孝突然對她斥喝：「妳知不知道妳剛剛到底做了什麼傻事？居然敢這樣命令梨紗！」

「咦？這是什麼意思？」奈緒疑惑地問，信孝奇怪的反應讓她感到有些不安。而信孝本來想說什麼卻欲言又止，片刻之後，他推起眼鏡冷冷地說：「算了！反正我現在先說清楚，我是不會感謝妳的。還有不管之後發生什麼事，我也都不會出手幫妳！」說完，信孝便留下困惑的奈緒旋踵離去。

下午的課堂，老師在講台上滔滔不絕講著日本史，不過奈緒卻心不在焉地想著信孝那番話到底是什麼意思。信孝說不管之後發生什麼事，他都不會去幫她，難道是在暗示說奈緒因爲壞了全班同學的好事，所以她即將替補信孝的位置，成爲下一個被欺負的對象嗎？

不……事情應該不會演變這樣吧？

奈緒悄悄看了身旁的梨紗一眼，梨紗意識到後，笑吟吟地問：「請問我臉上有什麼東西嗎？」

「沒、沒有！」

「嗯！妳今天放學後有空嗎？」由於還在上課，所以梨紗用著很小的聲音問。

「呃……有空是有空啦！怎麼了嗎？」

「沒有啦！因爲想說妳轉學過來已經一個禮拜了，但我們卻還沒好好歡迎過妳，反而還讓妳見到班上醜陋的一面。對於這點，我們真心感到非常慚愧。」

「別這麼說啦！每個學校都會有霸凌行爲啊！」

「但其他學校不會有像妳這樣勇敢挺身而出的人，所以我們決定，待會放學時要幫妳辦個歡迎會。當然不僅是歡迎妳，還有信孝，我們欠他很多個抱歉，所以等一下也會邀他一起來。」

「是嗎？這樣很不錯耶！」奈緒高興至極，但隨即又對梨紗感到不好意思，因爲她剛剛還懷疑梨紗他們是否會對自己動手，看來是自己想太多了。

「所以如果沒什麼事的話就來參加吧！我們班可是都很喜歡妳喔！特別是體育課那件事情，大家都說妳幫他們上了一堂重要的課，而且還讓我學會了寬恕他人。」

「別、別這樣講啦！我只是覺得該爲正確的事挺身而出而已。」奈緒摸著後腦杓說。

「嗯！那放學後，就跟我上四樓吧！」

下課鈴聲一響，班上一半的同學都跑到奈緒身旁問：「奈緒！所以妳有要來嗎？」

「有喔！」梨紗代替奈緒答覆：「不過你們這樣圍過來會嚇到她啦！你們先上去準備吧！」

「好喔！」大家很有朝氣地回應，紛紛跑出教室。

「不好意思，大家都太興奮了。」梨紗苦笑著說。

「不會啦！大家開心就好啦！」奈緒臉紅地回答。

「是啊！大家開心就好了呢！」

接著，奈緒在梨紗的帶領下走上樓梯，上到四樓後，就見到班上的同學都聚在樓梯旁等她。

「嗨！奈緒，趕快進去喔！大家都在等妳呢！」貴九笑著指著前方。

「咦？那裡是……」奈緒發出疑問，因爲貴九指的方向居然是廁所。

「別擔心啦！有我在。」梨紗拍著奈緒的背說。

「嗯……」雖然隱約感到氣氛怪怪的，不過奈緒還是半推半就地往廁所前進，不料就在剛踏入裡頭的那一剎那，她的背便遭人狠踹一腳。

「哇啊啊——」奈緒一個踉蹌，緊接著，同學的群笑聲從身後傳來，她趕緊從地上站起，對廁所外的同學大吼：「你們幹嘛啦？」

此時梨紗走進廁所，用著比弦月還要彎的笑容說：「當然是要歡迎妳啊！」

見梨紗扭曲的笑容，奈緒終於理解信孝先前所說的話。

「嘖！原來是這麼回事……」

「是啊！就是這麼一回事。」貴九也踏進廁所，身旁還拉著一個人，信孝。

梨紗走到渾身發抖的信孝旁，伸手撫著他的下巴說：「其實我一直在想，奈緒妳爲何會挺身幫這個懦弱、無能又膽小的變態說話呢？後來我想通了，那就是奈緒妳啊！其實是喜歡他的吧？」

「什麼？我沒有啊！」

「那妳爲什麼幫他說話？」

「那是因爲他被你們欺負了啊！如果再這樣放任不管，那他很可能會被你們給弄死耶！」

「死就死啊！」

「什麼？」

梨紗走到信孝的背後，伸手抽出他書包中的笛子。

「反正我們才十二歲，偉大的少年法會保護我們的。」

見梨紗居然一臉輕鬆地說如此荒唐的話，奈緒一個震怒，抓起梨紗的領口吼：「喂！妳知不知道妳在說什……嗚嗚——」

奈緒突然不能出聲，原來是嘴巴被梨紗塞入信孝的笛子，奈緒痛得將笛子拍掉，笛子落到地上時，還有一顆門牙跟著掉在一旁。

「妳幹嘛啦！很痛耶！」奈緒摀著滲血的嘴問。梨紗撿起笛子，看著沾染點血的吹口說：「妳不是喜歡信孝嗎？我可是協助妳，讓妳跟他間接接吻耶！」

「妳……妳這渾蛋！」奈緒終於忍不住氣，直接往梨紗的臉上重重揮了一拳。

「哇啊！」「喂！」「靠！」

同學們異口同聲驚呼連連，因爲過去從來沒有人敢這樣反抗梨紗。

「小梨，妳沒事吧？」貴九抱起跌在地上的梨紗。

「好痛啊！奈緒……真的好痛啊！」梨紗捏著紅腫的鼻頭，對奈緒投出盛怒的眼神。

「奈緒，妳快給我跪下跟小梨道歉！」貴九怒吼，不過梨紗卻喊：「不用了！」

接著，她朝身後大喊一聲「九央！平太！」，兩名身材微胖的男孩便翻躍而出！

「九央參上！」「平太參上！」

「給我把她壓住！」

兩人聽聞，齊聲喊道：「遵命！」

奈緒見九央與平太朝自己走來，雙腳無意識往後退去，但才退沒幾步，背後馬上傳來冰冷的觸感。

她已經退到廁所的盡頭了！

「可惡……」奈緒握起拳，直瞪他們說：「你們別過來，再過來我就要尖叫了喔！」

梨紗冷冷笑道：「那妳就叫吧！反正這裡是理科教室的樓層，放學後根本就不會有人來。」

「對啊！妳就認命吧！」九央對奈緒露出邪笑，接著用迅雷不及掩耳的速度將奈緒的左手壓到牆上。

「放手啦你！」奈緒想揮出右拳擊退九央，卻發現右手無法使力，原來是她的右手也被另一邊的平太給壓制住了！

現在的她，像個「大」字一般被兩人壓在牆上。

梨紗這時抹掉鼻子上的血，甩著笛子走過來說：「人若犯我，我必犯之，以牙還牙，加倍奉還！」

「像妳這種惡人才沒資格說這種話！」奈緒氣憤的說。

見奈緒仍不服氣，梨紗將笛子指向她說：「給我閉嘴，妳這個替變態辯護的人！」

「我才沒有替他辯護，我只不過是阻止你們繼續欺負他而已！」

「欺負？哈哈！他被欺負根本是活該，誰叫他要對我做那種骯髒的事情！」

「骯髒的事？不就是舔妳的腳踏車座墊而已嗎？」

「妳說什麼？」梨紗雙眼瞪大，一副不可置信地問：「什麼叫就這樣而已？同樣身爲女孩子，難道妳就不會對這種行爲感到噁心嗎？」

「當然會！但這跟你們欺負他是兩碼子的事啊！」

「夠了！」梨紗轉身對信孝喊：「喂！你這癡漢給我過來！」

「咦？」信孝似乎過於緊張，反應慢了半拍，身後的貴九踹了他的屁股說：「小梨叫你過去就給我過去！」

「好、好啦……」信孝戰戰兢兢地走到梨紗身旁。梨紗指著奈緒說：「如果你現在去把她的裙子翻起來的話，那我就保證以後都不會再找你麻煩。」

奈緒一聽到這話，馬上慌張地喊：「信孝，你別聽這個騙子的話！這傢伙明明在體育課時就保證過不會再欺負你，但現在卻還……」

「妳給我閉嘴！」梨紗用笛子鞭打奈緒的嘴，一下還不夠，她邊喊「閉嘴！」，邊持續對著奈緒的臉鞭打。

眼見鮮血開始朝四周的牆上灑濺，貴九用手環抱住梨紗說：「好了啦！小梨，妳冷靜一點！」

「嘖！」梨紗將笛子狠摔在地，對九央兩人說：「好吧！你們放手。」

「是！」

兩人放開奈緒的手，奈緒失去支撐，直接往地上倒去。

剛剛的攻擊令她感到頭昏眼花，在梨紗身後的同學們，則是見她滿臉佈滿鮮紅的傷痕後開始拿出手機，按下拍照鍵。

「哈哈！真可惜，原本還很漂亮的說。」

「對啊！結果現在臉居然腫得像豬一樣呢！」

同學們的喧鬧聲與拍照聲在廁所迴盪，這對癱倒在地的奈緒來說無疑是噩夢一場。

「喂！等等，要是她跟老師打小報告怎麼辦？」

「對啊！臉腫成這樣子，要是她家長去幫她驗傷，那就算我們有少年法，我們的家長也會被告死的啊！」

聽到同學們驚慌的討論聲，梨紗只用輕鬆的口吻說：「不用擔心，我有辦法堵住她的嘴。」半晌，她再對九央兩人下令：「把她翻過來壓住！還有，腳要朝我這裡喔！」

「遵命！」兩人異口同聲。

在他們將奈緒完全壓制後，梨紗對信孝說：「那就繼續完成你的任務吧！」

「咦？妳……妳是說……」

梨紗一把捏起他的嘴問：「要我再講一次嗎？」

「抱、抱歉，我知道了。」信孝舉起雙手示意服從。

「唉呦！小梨妳真的是越來越壞了耶！」貴九勾著一邊的嘴角說。

「怎麼連你都這樣說？」梨紗指著自己紅腫的鼻頭。「誰叫這傢伙對我做這種事，就連我爸都沒打過我耶！所以我決定了，我要讓這傢伙後悔一輩子，哈哈哈哈哈哈哈——」

「對……對不起……」

「小梨！」信孝用著顫抖的嘴唇說：「她……她跟你道歉了……」

「道歉？那又如何？」梨紗擺出一副無所謂的樣子。

「那……應該可以停手了吧？畢竟她都道歉了……」

「吼！你這沒種的傢伙！」梨紗受不了信孝慢吞吞的態度，她奮力將信孝推開，自己走到奈緒身旁說：「算了，我自己來！」

說完，她俐落地掀起奈緒的裙子，讓眾人見到一個印有小熊圖案的白色內褲。

「哈哈！居然是穿小熊內褲耶！現在還有人在穿這種俗物喔？」壓住奈緒的九央大聲笑道，但梨紗這時卻咳了一聲，讓九央不禁嚇出一身冷汗。

「小、小梨妳該不會也……」

「這不是重點啦！」梨紗吼完，拿出手機對著奈緒的下身拍了張照。

「嘻嘻！這樣她就永遠成爲我們班的奴隸了呢！」梨紗笑道。

「我也要拍！」

「先讓我拍啦！」

後面的同學爭先恐後搶著拍照，因爲這麼有趣的事情可是很難再遇到一次啊！

「哈哈！我把這張照片設成桌面好了。」一位同學高舉手機說。

「靠！你很變態耶！」另一名同學邊罵邊連按快門。

手機拍照的聲音再度迴盪於廁所之間，不過奈緒已經聽不到了，她兩眼逐漸渙散，意識也慢慢遠離自身，唯有這樣，她才不會因龐大的絕望感而當場咬舌自盡。

梨紗覺得很滿足，對其他同學說：「好啦！歡迎會就到這裡結束，大家趕快回家，記得注意交通安全。」

「好喔！」

大家在梨紗的口令下，留下受盡屈辱的奈緒一哄而散。

從那之後，上學成了奈緒的噩夢。因爲全班都持有奈緒不雅照的關係，所以奈緒完全不敢告訴父親與老師，只能逆來順受地被大家欺負，就連原先遭霸凌的信孝，現在也都跟其他同學們一起冷眼旁觀。

附帶一提，這是奈緒替補信孝的位置後，在校內一天的流程：

首先是早上來到學校，就發現室內鞋沾滿汙泥；上課時，伸手進抽屜拿課本，卻遭到裡頭佈滿的大頭釘刺傷；午餐時，打開便當盒就見裡頭被放滿一堆泥沙；體育課時，被同學們抓來練習投球的準度；放學時，整雙鞋無翼而飛，鞋櫃內還塞滿一大堆有辱罵字眼的紙條。

「奈緒，不好意思，妳的鞋子在這裡。」貴九拿著一雙溼答答的球鞋說。

奈緒接手後，輕輕說了聲：「謝謝。」

梨紗從貴九身旁跳出來說：「奈緒，聽說晚上會下雨，妳要快點回家喔！」

「嗯！謝謝妳。」奈緒皮笑肉不笑，將腳伸進濕透的球鞋中。

隔天，老師在課堂上說下午的體育課要取消，因爲舊教室的大樓要拆除，所以需要全班同學幫忙把裡頭的雜物清理乾淨，所有同學聽聞，紛紛發出不情願的哀嚎。

下午，奈緒依照老師的吩咐，在舊教室大樓的走廊掃地。掃著掃著，忽然一波黑水從天而降，被淋了一身濕的奈緒嚇得抬頭，只見平太從二樓探出頭說：「抱歉，忘了跟妳說今天有午後雷陣雨。」

奈緒沒有回應他，只是默默走到女廁前，想用洗手台的水洗掉頭髮上的污漬，不料在低頭時，肛門忽然遭到硬物突入。

「啊——」奈緒發出尖叫，轉身看去，只見平太拿著拖把笑說：「哈哈！直接命中耶！」

「你……」奈緒咬著牙狠瞪平太，平太靠向前說：「別一臉那麼見外的表情啦！妳都已經在全班面前被做那樣的事，現在讓我玩一下也無所謂吧？」

語畢，平太伸出舌頭往奈緒的臉舔了下去。

「不要！」奈緒感到噁心，一把推開平太，再來就死命往校園後門奔去。

她受不了了，對於這一切。

明明她做的事情是正確的，但爲什麼她現在卻活像個犯人般遭人撻伐？

好想……好想現在就去死！

突然一個踉蹌，奈緒在奔跑中貌似被什麼東西給絆倒，她重重摔著在地，膝蓋立刻傳來摩擦破皮的刺痛。她轉身看向剛剛跑過的地方，才發現那裡有一根突出地面的樹根。

那是柳樹的樹根，奈緒看著校園後門旁的柳樹默想。

這棵柳樹的樹幹纖細，泛黃且稀少的柳葉顯現柳樹的滄桑，根據老師之前的說法，這棵柳樹在學校還沒建立時就已經在這裡了。

奈緒緩緩起身，繼續朝後門前進，剛剛的跌倒並沒有阻止奈緒想死的衝動，但就在這時，微弱的少女聲從背後傳來。

「對不起。」

「咦？」奈緒回盼，卻沒見到半個人。

應該是聽錯了吧？奈緒摸著頭默想。

「對不起。」

「誰？」奈緒感到毛骨悚然，因爲少女的聲音離她很近，但她卻見不著半個人影。

「對不起、對不起、對不起、對不起、對不起……」

「是誰啦？別再說了！」奈緒緊張地吼叫後，一名身穿和服的長髮少女才從柳樹後站了出來。

「咦？妳聽得到我的聲音？」少女用驚訝的口氣問著。奈緒則是因爲見到人，才鬆了口氣說：「當然聽得到！雖然不知道妳在道歉什麼，不過拜託妳別躲在樹後面說這些話，不然會把經過這裡的人給嚇死的。」

少女貌似沒把奈緒的話聽進去，而是直接將臉貼上前問：「那妳看得到我嗎？」

「當然啊！」

「這個人是有什麼毛病啊？」奈緒在心中謾罵。

「真的？」少女將臉貼得更近，使奈緒更能清楚看見她那清秀的五官。

「真的啦！妳能不能後退一點？」奈緒想將少女推開，結果她的手居然直接穿過了少女的身體，這讓她嚇得尖叫：「哇啊！妳、妳的身體怎麼會這樣？」

「因爲我不是人類啊！」

「不是人？那妳是什麼？」

「我是柳樹喔！」

「什麼？」

少女走到柳樹旁，伸手摸著柳樹說：「我啊！是這棵柳樹的靈魂。剛剛跟妳道歉，就是因爲我的樹根長太長的關係害妳被絆倒，唉……其實我也不想這樣，可是當初學校建地規劃沒有規劃好，地底下幾乎都被水泥給填滿，我是逼不得已才把樹根長出來的。」

「是、是嗎……」奈緒木然地說。

實際上，奈緒沒有聽進少女的話，因爲少女說的內容已超出她的理解範圍，她甚至還以爲自己是在作夢，直到老師的聲音傳來，她才從混亂中回神過來。

「奈緒！原來妳在這裡啊！我們要回教室了喔！」

「啊！好的……」奈緒對老師點頭。

「哇！妳全身怎麼髒兮兮的啊？還有妳膝蓋受傷了耶！是不小心跌倒嗎？來，老師帶妳去保健室。」老師說完，伸手牽起奈緒的手。

奈緒被帶回校園途中還不忘轉頭看柳樹一眼，不過那位身穿和服的少女卻早已消失無蹤。

次日，體育課仍然還是被舊教室的清理工作給替代。他們在清理教室內的雜物時無意間發現一把柴刀，貴九舉起柴刀，也不去想爲何這裡會有這種東西，就直接跟男生們玩成一片。

奈緒趁這時候悄悄跑到校園後門，她想要再次確認她昨天看到的到底是不是幻覺，於是她走柳樹旁，繞了一圈，沒見到半個人影後，鬆了口氣。

「哈哈……昨天果然是看錯了呢！」

「看錯什麼？」

「那還用說，就是……哇啊！」少女突如其來的現身，嚇得奈緒跌坐在地。少女見奈緒心驚膽跳，露出擔憂的神情問：「妳沒事吧？」

「妳……妳是真的……妳居然是真的？」奈緒顫抖地指著少女，少女就在奈緒的面前蹲了下來。

「我當然是真的啊！」接著她往奈緒貼著紗布的膝蓋看去。「妳的腳有好一點了嗎？」

奈緒點著顫抖的頭說：「有、有啊！」

「嗯！那就好。」少女瞇起眼睛，對奈緒露出親切的笑容。

這個時候，奈緒忽然不自覺地落下淚水，因為她在學校，除了老師以外，已經很久沒有人會這樣關心她了；就連自己的父親，每天下班後都會喝得爛醉，所以完全沒注意到奈緒臉上的疤痕。

「喂！沒事吧？」由於奈緒哭得泣不成聲，少女憂心地問：「是不是哪裡不舒服？」

奈緒用沙啞的聲音說：「其實……其實我……」

「嗯？」

「不，沒什麼……」奈緒伸手擦拭眼淚，對少女露出一抹淺笑：「抱歉……讓妳擔心了。」

「別這麼說，妳真的沒事嗎？」

「嗯！」

其實奈緒差點就要向少女坦白，自己在班上到底是遭到什麼樣的對待。不過後來又想到，就算少女是超乎常理的存在，但本質上仍然只是一棵樹而已，那這樣的話，對一棵樹說這些事根本就沒什麼用。況且少女才剛跟她認識沒多久，所以也沒有義務要傾聽她的煩惱。

奈緒站起身，拍了拍短褲上的沙塵說：「那我要先回去了。」

「這樣……真的好嗎？」

「咦？」奈緒不解少女的意思，少女就走到柳樹旁，撫著樹說：「其實我們植物啊！能夠感受到人的情緒喔！像我現在就能感受到，妳的內心似乎充斥著許多哀傷與不滿呢！」

「這……這個……」奈緒緊揪著心，微微張嘴想訴說這幾個月發生的事，但是這攸關奈緒最後的尊嚴，如果連樹都對她投以同情，那她肯定會崩潰的。

「抱歉，我真的要走了……」

「是被同學欺負了吧？」

一聽到少女說出這樣的話，奈緒瞬間惱羞。「妳別亂講啦！我才沒有被欺負呢！」

「果然是這樣啊！」少女表情逐漸沉重，水潤的雙眸中露出一絲憐憫。

奈緒踏向前，指著少女吼：「妳只不是棵樹罷了，什麼都不懂，別用那種表情看我！」

「我懂喔！」少女抬起頭，看著柳樹上的柳葉說：「在以前啊！也很常有學生跑來這裡哭泣，而雖然我很想安慰他們，但無奈他們聽不到我的聲音，所以我能做的，就是默默待在他們身旁，陪著他們一起哭泣。」

「是嗎？不過妳其實沒必要爲我們做到這種程度吧！因爲妳只不過是棵……」

「是棵樹又怎樣？」少女忽然大吼：「就算是棵樹，我跟你們一樣也是有靈魂，一樣也是能感到喜怒哀樂的啊！所以……如果有什麼痛苦的話，我是非常樂意當妳的傾訴箱喔！」

奈緒聽完這番話，淚水再度盈眶而出。

「爲什麼……爲什麼要這樣幫我呢？就算妳能爲我感到高興還是悲傷，說到底，這一切也都不關妳的事吧？」

「有喔！只要是跟這所學校有關的事，那就是我的事！」

接著，少女開始說起了她的過去，也就是學校尚未建立時所發生的事情。

在當時，學校這塊地本來是一片柳樹林，而建校的建商與另一家伐木工廠有合作關係，所以他們原本是要將少女給一併鋸除，幸好當時的校長看中了她，才讓她得以活到今日。

「我欠這所學校一個人情，所以我決定了，如果有機會的話，我一定要幫助這所學校的學生來做爲回報，而這個機會，很明顯就是現在了！」

「是嗎……」奈緒握緊雙拳，咬牙切齒地說：「那我就說給妳聽吧！這樣的話，就可以讓妳知道，妳根本沒辦法幫助我的事實！」

奈緒吼完，哽咽地說起她轉學過來後所經歷的事。不過對少女訴說這些事情，等於又是讓自己重返當時的噩夢一次，奈緒講到一半，胃部還一度傳來噁心的翻騰，但她還是咬緊牙關，努力把所有的醜事都吐了出來。

「就是這樣子……妳現在知道爲何我不想跟妳說的原因了吧！因爲就算對妳說了，妳也沒辦法……」

奈緒突然止住了話，因爲少女現在居然哭得比奈緒還要慘！

「嗚嗚……沒想到……沒想到妳居然遭遇到那麼過分的事情……」少女痛哭失聲，話都說不清楚了。

「喂！妳沒問題吧？」奈緒上前想拍拍她的背，不料手卻撲了個空，奈緒這時才想起少女只是柳樹的靈魂，於是她走到柳樹旁，拍著柳樹的樹幹說：「好了啦！不要哭了，妳這樣哭，害我不曉得該用什麼心情來面對妳了。」

「不好意思……」少女抹掉淚水，對奈緒苦笑：「妳說的沒錯，就算妳告訴我這些，我也沒辦法幫妳出口氣……」

「沒關係，是我要求太多了。」奈緒閉上雙眼，將柳樹環抱起來。「其實啊……只要有人肯爲我哭泣的話，那我就會感到幸福了喔！」

「是……是真的嗎？」少女抽泣地問。

「嗯！謝謝妳，我現在覺得心情好很多了。」奈緒依偎在柳樹的樹幹上，雖然柳樹本身沒什麼溫度，但她卻能感受到有種溫暖不停湧入心中，這令她感到一身暢快，過去遭遇的種種彷彿都被這份熱情給燃燒殆盡。

之後，奈緒向少女做出九十度的鞠躬，少女趕緊說：「啊！妳不必這樣啦……」

「沒關係啦！」奈緒抬起頭，對少女笑道：「我是真的打從心底感謝妳喔！」

「喂！奈緒！」一聲吼音傳來，奈緒的瞳孔猝然縮得比米粒還要細。

奈緒戰戰兢兢地轉頭，只見到貴九、平太、九央與梨紗四人正笑嘻嘻地朝她走來！

「想說怎麼找不到妳，原來是跑到這種地方來了啊？」梨紗露出燦爛的微笑，但這份微笑卻讓奈緒望而生畏。

少女察覺奈緒的情緒起了很大的變化，直問：「這些人，該不會就是欺負妳的人吧？」

奈緒沒有回應，不過她現在膽顫心驚的樣貌就足以解答少女的疑惑。

「話說我們都看到了喔！」平太笑咪咪地說：「就是妳剛像個瘋子對那棵樹大呼小叫的模樣。」

九央接著說：「唉喲！你怎麼可以說人家是瘋子，她搞不好是在練習相聲啊！」

貴九也跟著說：「不對啦！是因為她在學校都沒有朋友，所以只能找不會欺負她的樹來當她的朋友。」

梨紗拿出手機說：「不如我們把影片上傳至網路上，讓網友來猜她剛剛到底在幹嘛好了。」

「這主意不錯耶！果然是小梨！」三人異口同聲地稱讚。

「這些人，真過分啊！」少女氣憤地說。

「嗯！這就是現實……」奈緒對少女露出很無奈的表情。「我想妳待會就能夠見到我被欺負的樣子了，不過啊……就算我被整得多慘，妳也不要認為是自己的錯喔！畢竟妳沒辦法干涉我們這邊的世界嘛！」

「怎……怎麼這樣……」少女面露哀愁，無能為力地看著奈緒逐漸遠去的背影。

奈緒走到梨紗面前，吞吞吐吐地問：「直……直接說吧！今、今天妳又想玩什麼？」

「唉喲！妳長大了耶！居然變得那麼懂事！」貴九戳著奈緒的胸口笑。

梨紗此時拍響了手。「不然就來玩友情遊戲好了。」

「友情遊戲？」

「是啊！」梨紗突然從背後拿出一把柴刀，奈緒認出那正是貴九剛在教室發現的那把柴刀。

「喂！妳……妳想做什麼啊？」奈緒驚慌失措地問，就算是大人，見到一個小女孩拿著柴刀陰笑也會被嚇得魂飛魄散。

「別怕別怕，這是要給妳的。」

「什麼？」

梨紗將柴刀遞給奈緒，奈緒接過手，提心吊膽地問：「妳、妳給我這個要做什麼？」

貴九站出來說：「傻子！當然是要妳去砍妳的新朋友啊！不然何必叫友情遊戲呢？」

梨紗撲進貴九的懷裡。「果然還是貴九最了解我了。」

奈緒這時總算理解她的意思，原來她是要奈緒去砍斷那棵柳樹！

「知道了就快點動手吧！不然就快要下課了喔！」在旁的平太抖動著滿是肥油的臉說。

「可是這算是破壞學校公物吧？妳這樣會害我被退學耶！」奈緒畏首畏尾，就算內心再怎麼懼怕梨紗，她也不想對少女痛下殺手。

「我才不管那麼多，如果妳現在不做的話，那我就把妳的不雅照散播出去，而且是大、規、模的散播喔！」

「梨紗，妳……」奈緒驚駭到說不出話，梨紗在她的耳旁輕聲地說：「不過若是傳出去，那也就證明妳和這棵樹的友情是真的非常堅固呢！」

「妳……妳夠了喔！」奈緒向後退了幾步。「我跟那棵樹才不是什麼朋友！」

「那妳就用行動證明給我看啊！」梨紗雙手抱胸。

「好！」奈緒握緊柴刀，往柳樹的方向緩步走去。

少女見奈緒拿著柴刀走來，揮舞雙手對她喊著：「喂！奈緒，妳先聽我說……」

「閉嘴！」奈緒對少女斥吼：「妳充其量也不過是棵樹而已，殺了棵樹對我來說根本就不痛不癢！」

「原來如此……就是因爲妳那種態度，難怪才會一直被他們當成笨蛋欺負！」

「妳說什麼？」奈緒挑起一邊眉毛怒喊：「只不過是棵樹，不要裝得好像什麼都知道一樣！」

「哈哈！又再對樹說話了呢！」貴九見奈緒與樹吵架的樣子，整個人笑開懷。

一旁的九央手舞足蹈地說：「聽對話內容好像是在吵架呢！難不成是樹一聽到自己要被砍，就嚇得連忙向奈緒求饒嗎？」

梨紗邊看手機邊催促：「奈緒，勸妳快點喔！還有五分鐘就要下課了。」

奈緒這時高舉柴刀，對少女低聲說：「抱歉，其實這並非我的本意，但是我……我真的沒有其他選擇，所以，請原諒我……」

「哼！我才不會原諒妳這個愚蠢、無知、懦弱、膽小又沒用的垃圾！」

「咦咦？」

奈緒被少女突然的汙言穢語給震懾住，少女踏出腳步，倔強地吼：「人家叫妳做什麼，妳就做什麼，那以後他們叫妳去死，妳是不是就真的要去死？」

「我……我也沒辦法啊！」奈緒對少女嚎哭：「面對那麼多人，我根本就無力反抗啊！」

「無力反抗？那妳當時為何還會為那個男生挺身而出？妳難道忘了那時候的妳，也是一個人面對一整個班級嗎？」

「所以我才會淪落到現在這樣的下場啊！」

奈緒一個衝動，將柴刀重劈在地。

「喂！不是叫妳去砍樹嗎？妳砍在地上做什麼啦？」貴九怒道。

「嘖！這小王八蛋還真吵。」少女將手伸向貴九，一根柳樹的斷枝便狠狠拍在他的臉上。

「哇啊！好痛啊！」貴九摀著臉哀號，由於他看不見少女，所以誤認是奈緒丟的，他走向前，扯起奈緒的衣領說：「妳居然敢丟我！」

「奈緒！快反擊啊！」少女在奈緒的耳邊吼道。

奈緒哭喊著說：「不行啦……我比他們弱小，根本就沒辦法反擊……」

「別再瘋言瘋語了！」身處事外的貴九一拳往奈緒的臉上揍了下去，使奈緒迎面撞上硬梆梆的水泥地。

「站起來，奈緒！妳現在若不站起來反擊，那妳一輩子都會被欺負的！」

「可是我沒有力量啊……」倒在地上的奈緒吐著血說。

「媽的！妳到底是在跟誰說話啦？」貴九抬起腳，想往奈緒的肚子踹下去，結果一根斷裂的樹枝又劈到他的頭上，他嚇得轉回頭問：「靠！到底是誰在丟我啦？」

平太指著樹說：「是柳樹的樹枝自己掉下來的啦！」

「喂！奈緒！」少女蹲在奈緒眼前，嚴厲地對她說：「勇敢面對挫折，挑戰失敗，這不是學校一直在教導你們的事情嗎？妳看！就算我是一棵樹，也比妳這人類還要懂做人的道理！」

「那又怎樣啦？」奈緒撐起上身咆哮：「沒有力量的人，永遠就只能屈服在強者的手下，妳身為一棵毫無反擊能力的樹，應該才是最了解這個道理的吧？」

「妳真的是無藥可救的笨蛋！看看妳的雙手！」

奈緒低頭往自己的雙手看去，一把生鏽的柴刀映入眼簾。

少女將手重疊在奈緒的手上，壓著嗓音說：「妳說的沒錯，身為植物的我確實最能體會什麼叫無力抵抗。但正是因爲這點，我才會認爲妳根本沒有資格說這樣的話，因爲妳與我們不同，妳是人類！妳有手可以用來擊退惡人，有腳可以用來躍過阻礙。當然我也知道人生來不平等，有的人天生就是比較弱勢。但就是因爲弱，所以就更要學會去抓住機會啊！就像我抓住與妳說話的機會一樣，就像妳現在……抓住了能夠反擊的武器一樣！」

奈緒聽完少女的話，茅塞頓開，豁然開朗！

她站起身子，握緊柴刀，心中所有的疑慮與哀愁瞬間煙消雲散！

貴九見奈緒拿著柴刀筆直走來，舉手指著她問：「喂！妳走過來幹嘛？樹在妳後面，快回去砍啊！」

霎時「唰！」的一聲，貴九的右手掉落在地。

「咦？」貴九還來不及見自己的右手像瀑布般湧出大量鮮血，又是「唰！」的一響，眼前的奈緒一分爲二。

不，實際上是貴九的頭被劈爲兩半，因爲左右兩眼各自往左右兩邊倒去，所以才會讓貴九產生奈緒一分爲二的錯覺。

「啊啊啊——」後方的梨紗見貴九的血噴得比樹還高，當場發出淒厲的慘叫聲。

奈緒淋著貴九溫熱的血，舉起柴刀對梨紗說：「放心吧！我會最後一個殺妳的。」

「妳……妳是瘋了嗎？居然這樣胡來！」梨紗失魂落魄地驚叫。奈緒冷冷笑道：「呵！反正我才十二歲，偉大的少年法會保護我的。」

「該死的……九央！平太！」

「是！」本來應該是要得到這樣的回應，但實際上卻沒有，因為在奈緒殺死貴九的那一剎那，九央與平太早就丟下梨紗逃跑了。

「不會吧？那兩個混蛋居然把我一個人丟在這？」梨紗渾身顫抖，一臉難以置信地說。

「既然他們都跑了，那我只好先殺死妳嘍！」奈緒歪著沾染鮮血的臉笑。

「等等！有什麼不滿的話，讓我們先好好……」梨紗還沒說完，肚子就挨上柴刀的刀背一擊。

「嗚喔……」梨紗抱起肚子，痛苦地跪坐在地，奈緒這時往她臉上一踢，當下讓她摔得四腳朝天。

「喔？原來把人壓在地上的心情是這麼一回事啊？」奈緒踐踏著梨紗的身軀，嘴角因感到凌駕他人之上的快感而上揚。

「對……對不起……」梨紗哭喪著臉說。

「現在才知道要道歉是嗎？不過已經來不及了！」奈緒說完，一把抓起梨紗的頭髮。梨紗痛得不停捶打奈緒的腰，但奈緒的理智早已斷線，強烈的憤怒讓她完全感受不到任何痛楚。

將梨紗重重摔到一旁的牆角處，再用柴刀的刀柄往她的鼻梁戳去。

「嗚！」梨紗因鼻梁斷裂的劇痛陷入昏厥，癱軟的身子順著牆滑落在地。

「吶……梨紗，妳應該知道高爾夫球這項運動吧？」奈緒邊問梨紗，邊用腳踢開梨紗的雙腿，讓她的下身形成M字型的姿態。

「現在，我拿的這把柴刀就是高爾夫球桿，至於妳……當然就是高爾夫球場啦！」

「妳……妳到底想做什麼？」梨紗奄奄一息地問。奈緒此時模仿起高爾夫球的打擊姿勢說：「我現在啊！就只是想要體驗一桿進洞的感覺啊！」

說完，一聲利器高速劃過空氣的聲音，柴刀準確地劈進梨紗的雙腿之間！

「啊啊啊啊——好痛……好痛啊啊啊啊！」梨紗痛不欲生地發出尖叫，溫熱的鮮血開始從胯下湧出。

「哈哈哈哈哈！」奈緒發狂地瘋笑，想將柴刀弄得更深入些，於是她伸腳貼在柴刀的刀背上施力，使柴刀更加深入其中。

「好痛好痛好痛——」梨紗雖然有伸手擋著柴刀，但畢竟面對的是刀刃，所以她那雙被劃破的手掌很快就因失血過多而喪失力氣。

不到一會，柴刀已經被奈緒壓至梨紗的腹部。此時的梨紗已經雙眼翻白，雙唇還不停流著鮮血與嘔吐物混雜而成的穢物。

「看來已經是極限了呢！」奈緒一臉可惜地說，將柴刀從梨紗的下身奮力抽出，血淋淋的腸子從梨紗的兩腿間滑落，再來，她的頭一斜，身子往旁倒去，死了。

「哈……哈啊……」奈緒大口大口地喘著氣，享受著這份前所未有的興奮。

熱烈的拍掌聲從身後傳來，奈緒回頭望去，只見少女眉開眼笑地道：「反擊得真俐落啊！這樣她們應該再也不敢欺負妳了吧？」

「是啊！」奈緒看著沾滿鮮血的柴刀，冷冷笑道：「即使沒有學到教訓，我想他們也沒辦法再來找我麻煩了。」

「但事情還沒有結束喔！」少女望著舊教室的大樓說：「當時欺負妳的人，應該不只這兩個人吧？」

「的確是這樣呢……」奈緒回想當時在廁所發生的事情，那個時候，幾乎是全班的人都參與其中。

「那就繼續吧！」少女握起拳，眼神堅定地喊：「繼續反擊！讓這些人見識見識妳的勇氣！」

「嗯！」奈緒拖著柴刀，往舊棟教室的大樓緩步走去，臨走前，她還不忘轉頭對少女露出笑容。「謝謝妳的教導，事後，我一定會想辦法報答妳的！」

「好的，我很期待喔！」少女對奈緒露出笑顏。

在奈緒離去之後，少女才自言自語地說：「其實用不著報答我，因爲妳啊……現在就已經在回報我了呢！」

一陣微風輕輕拂過，散落在地的柳葉隨之起舞，少女抬頭望著搖曳的樹枝，隨即憶起了陳年往事。

那是一個被夕陽染成一片橘紅的傍晚，建商帶著伐木工鋸除柳樹林、也就是少女的家人時，少女本來已經接受自己即將死亡的命運，但卻因首任校長自以爲是的眼光而存活下來。

這對她來說無疑是重大的打擊，因爲失去一切的她，在接下來的日子，都得不斷面對家人已不在身旁的殘酷事實。這讓她對這所學校感到深惡痛絕，她在內心發誓，無論自己的力量有多麼渺小，她也絕對要把這所奪走她一切的校園給摧毀掉！

然而，六十年過去了，她拼盡全力所能做到的最大報復，竟然就只是將樹根突出地面，讓一些粗心的學生被絆倒而已。

「對不起。」每當有學生跌倒，並從跌倒中站起時，少女總是會向家人道歉，道歉著她沒有讓這些學生摔死的能耐。

直到現在，老天爺總算爲少女照下一道曙光，在少女感應到奈緒那龐大的負面情緒時，立刻明白奈緒正是她能替家人報上一箭之仇的那一把箭！

隨著慘叫聲不停從舊教室的大樓內傳來，少女的嘴角微微上揚。

付喪神

炎炎夏日，最慘的一件事莫過於是旅遊途中，車子在偏僻的山路上抛錨，然後頭上又頂著一顆火力全開的大太陽，就像現在。

「該死的畜牲！」哲人往小客車冒煙的引擎蓋重踹一腳。

「喂！別這樣啦！又不是踹了就會好。」我上前安撫哲人的情緒，這傢伙從以前就一直很暴躁，彷彿什麼事情都跟他過不去一樣。

「該死！這台破爛垃圾，開十次壞十次！」哲人絲毫沒聽進我的話，繼續對著車狠踹。

「既然這樣，那你爲什麼今天還要開它出來？」哲人的女友——葵靠在車旁，拿著小圓帽爲自己搧風。「你不是還有另一台車嗎？」

「沒辦法啊！我爸說去別人的喜宴開這台破車會很丟臉，一直死要我跟他換車。我是在很無奈的情況下才答應他的，結果誰知道一開出來就掛在這裡。吼！早知道就不要跟他換車了啦！」哲人繼續抓狂大吼，不過我懶得理他了，反正葵會處理。

我往山路前方的轉角過去，便見一名綁馬尾的女孩拿著手機朝天空揮來揮去，是我女友寧子，網交來的。

我走過去拍拍她嬌小的肩膀問：「寧子，還是沒訊號嗎？」

「是啊！」寧子嘆了口氣，用被太陽烤得紅潤的臉說：「在這麼先進的國家裡，居然還有地方收不到訊號……天啊！我們現在該怎麼辦啊？」

「別擔心啦！應該會有其他人經過這裡，我們到時候請他載我們到旅館就好了。」

「那萬一都沒有人經過這裡呢？」

「放心啦！就算這棟旅館再怎麼冷門，也一定會有人經過這裡的啦！」說完，見寧子的白色上衣被汗水浸濕到若隱若現，我就順著衝動往她的鎖骨吻了下去。

「哇啊——你幹嘛啦？」寧子抱起自己的胸部吼：「不要光天化日之下做這種事好不好？要是被哲人他們發現怎麼辦啦？」

我摸摸她的頭說：「安啦！就說是『兄妹』愛的互動就好了啊！」

是的，我對朋友都謊稱寧子是我的妹妹，所以我才沒有遭到眾人譴責。

寧子拍開我的手說：「受不了，回去了啦！」

見寧子害羞逃走的模樣，我覺得交女友真的是人生最幸福的事情。

回到車子拋錨處，將收不到訊號的事情告訴哲人後，太陽更大了。雖說山路旁有著大片森林能遮蔭，不過那得先滑下約三公尺高的峭壁才能到達，至於拋錨的汽車更不用說，裡面的溫度可能還比外面還高。

「快要熱死了，怎麼都沒有人經過這裡啊？」葵靠在山壁旁嘟著嘴抱怨，不過明明沒有風，她的長髮卻在空中飄舞，往旁看去，原來是哲人在一旁拿小圓帽幫她搧風。

「救命——」

「咦？」我轉頭看向森林，寧子跟著問道：「月斗，你有聽到嗎？」

我點頭回答：「有。」

「聽到什麼？」哲人皺著眉頭問，我豎起食指要他暫時靜音。

「救命啊——」

這次，在場的人全都聽到了，是一個女人淒厲的呼救聲。

哲人衝向山路旁的護欄說：「是從森林裡傳來的！」

「難不成是在森林裡遇到什麼危險嗎？」我問。

「在大白天遇到這種事怪可怕的。」葵說。

「怎麼辦?要下去救她嗎?」寧子問。

「哇啊啊啊——」女人悽慘的尖叫聲直衝雲霄,而哲人彷彿像聽到賽跑比賽的鳴槍聲般彈起身子,直接跨過護欄往峭壁下滑去。

「喂!哲人你幹嘛啦?」葵嚇得跑向護欄,我趕緊將她抓住以防她不小心摔下去。

「那個笨蛋!妳們在這等著,我下去把他抓回來。」說完,我一手抓住護欄躍過去,再順著傾斜的峭壁滑下。結果才剛踏上地面,左小腿便傳來一陣如被撕裂般的痛楚,我轉身一看,才發現峭壁上竟有一塊突出的碎石,該碎石樣貌如刃,鋒口異常銳利,上頭還滴著我左腿上的血。

「月斗,你沒事吧?」寧子擔憂地問。我抬頭回:「不要緊,皮肉傷而已。」

接著我轉身,對著哲人奔跑的背影大喊:「白癡哲人,快回來啦你!」

哲人邊跑邊吼:「有人遇難耶!你才快給我過來幫忙好嗎?」

「嘖!這傢伙難道就沒想過,對方可能是碰到熊之類的野生動物嗎?」

雖然在心中默罵,不過我還是朝他的背影追去,結果跑沒幾步就追上了他。

「聲音好像是從這裡傳來的。」停下腳步的哲人指著眼前那棟小木屋說。

我往小屋望去，發現那棟木屋有兩層樓高，建築設計爲傳統的歐式風格，不過木屋牆面破爛，處處佈滿藤蔓與蜘蛛網，在充滿野性的森林中顯得有些荒涼。

「好！進去吧！」見哲人粗神經地朝木屋前門走去，我立刻拉住他的手說：「等一下！」

「幹嘛？」

「這會不會是陷阱啊？」

「陷阱？」

「對！最近新聞常常在報，有山賊會以山上廢棄的木屋作爲聚點，然後故意僞造遇難的假象吸引遊客。等到遊客被釣上鉤，他們就會跳出來劫財劫色，最後再把遊客丟到木屋裡反鎖等死！」

「真的假的？」哲人緊抓著我的雙肩問：「你說他們會劫財劫色？」

「對啊！」

「那就趕快回去吧！」

「是是是！先回去吧！這樣比較安全。」我拍著哲人的背說。

然而，就在我們轉身的那一剎那，急促的敲窗聲猝然傳來！

「有人在外面嗎？」

「咦？」

「求求你們救救我，拜託！我被人困在這裡了！」

女人的呼喊聲從二樓傳來，我往窗戶看去，卻見不到半個人影，可是敲窗聲仍持續著，這頓時讓我感到有些驚悚。

「不管啦！還是先救人再說！」哲人一腳踹開木屋的門，我趕緊喊：「喂！你難道真不怕是陷阱？」

哲人說：「不然你先回去看葵她們有沒有怎樣。如果這附近真的有山賊，那她們現在應該是最危險的。」

「好吧！你也小心一點。」

「嗯！」

暫時與哲人分道揚鑣，我抱著緊張的心情直奔汽車拋錨處。

回到峭壁下後，我抬頭往上大喊：「寧子、葵！」

「怎麼了？」見寧子從護欄上探出頭來後，我才鬆了口氣。

此時葵也跟著探出頭來問：「哲人他呢？」

「他去救人了，不過我們怕是山賊的陷阱，所以我趕緊回來看看妳們有沒有怎樣。」

「喔！我們沒事啦！」葵笑著說，但就在這時，一把手槍突然出現在她的右太陽穴旁！

「現在有事了！」

「咦——」我、寧子與葵三人同時發出驚呼，只見一名戴著鴨舌帽的男子將頭探出護欄。

「你是誰？」我緊握著拳問。鴨舌帽男說：「別管這個了，先把你們的錢交出來！」

聽他這樣講，我就在心中默罵：「該死！這果然是山賊設的陷阱嗎？」

葵舉起雙手，發抖地說：「錢在車上，我去拿。」

「還有你！」鴨舌帽男瞪著我說：「你最好別輕舉妄動，否則我就打爆她們的腦袋！」

「好……」我舉起雙手，示意會遵照他的指示。

「走！去拿錢！」男子推著葵離開護欄，不過寧子還待在護欄旁，可能是男子認爲寧子只是小孩子，沒什麼反擊能力，所以才放著她不管。

而我趁著男子離去，對寧子擺出二的手勢，我想問她上面是否還有第二名山賊，但寧子卻對我露出惶然的神情，應該是誤解我像個幸災樂禍的傻蛋一樣在比「耶！」吧？於是我又擺出舉槍的動作，她才了解我是在問她山賊的人數。

後來她對我豎起食指。

上頭只有一人？那剩下的同夥應該都在哲人那邊了。

哲人，希望你能平安無事啊……

「哇啊啊啊啊啊——」

身後忽然傳來哲人的慘叫，難道他被那邊的山賊怎麼樣了嗎？

「喂！剛剛那一聲是怎麼回事？」鴨舌帽男扯著葵的頭髮來到護欄前怒問：「你們還有其他同夥嗎？」

「是……是我的男友啦！」葵表情痛苦地哀嚎。

「妳男友？他在樹林裡幹嘛？」

「剛剛有個女生在裡頭求救，他是下去救她的啦！」

「真的嗎？」

「真的！」

「媽的！」鴨舌帽男放開葵的長髮大吼：「居然有漏網之魚！」

雖然哲人的慘叫聲讓我有些不安，但鴨舌帽男的反應更讓我覺得怪異，難道在哲人那邊的不是他的同夥嗎？

「妳們給我下去！」鴨舌帽男大聲咆哮。

「你想幹嘛？」葵不解地問，山賊用手槍的槍柄直接賞了她一巴掌。

「哇啊——」葵因爲這一擊而翻下護欄。我見她從峭壁上滾下，趕緊衝上前將她接住，但因重力加速度的關係，我接到她後，反被這股強大的衝擊力給撞倒在地。

後腦杓不曉得是不是撞到石頭，我兩眼直冒金星，幸好這陣昏厥很短暫，恢復意識後，我趕緊起身，搖著懷中的葵問：「喂！妳沒事吧？」

突然，一股溫熱的液體朝我臉上噴來，我反射性地放開葵，連忙將眼前的液體抹掉，才發現葵的脖子居然破了一個大洞，裡頭的血就像噴泉般直噴天際。

「哇啊啊啊！」我嚇得後退好幾步，愕然地想著葵怎麼會變成這樣，直到左小腿傳來痛楚，我才想起了那顆在峭壁上突出的碎石。

葵是在剛剛滾下來的時候，被那顆碎石給劃破脖子的！

「操！我頭一次見到有人跌倒能跌出這副德性！」鴨舌帽男臉色蒼白地罵，看來他也被這幕嚇得不知所措。

就在這時，一把獵槍赫然出現在鴨舌帽男的右臉旁。

「把槍放下！」

「咦咦——」我、寧子與鴨舌帽男同時發出驚呼，只見一名禿頭的男子將頭探出護欄。

「你是誰？」我將手擋在眼前問，因爲男子的頭禿到能夠反射陽光，所以我沒辦法直視他的臉。

「先別管這個了，你們是在殺人滅屍嗎？」禿頭男問。

鴨舌帽男搖頭說：「沒有啦！這是……」

話還沒說完，禿頭男馬上用獵槍的槍柄賞了他一巴掌。

「關我屁事！先把你搶的錢交出來啦！」

「好……好啦！」鴨舌帽男嘴角滲血，抖著身子說：「錢在車上，我拿給你。」

見他們兩個遠離護欄，寧子趁機橫身跳下！

「喂！妳太亂來了啦！」我趕緊奔向前想接住她，不料腳卻被什麼東西絆到，一個踉蹌，我跌在峭壁下，緊接著背後傳來一陣劇痛，原來是寧子她滑下來時剛好踩在我的背上。

「啊！月斗你還好吧？」寧子拉起我的身子問。我逞強地說：「沒事沒事，先走再說。」

我牽起寧子的手開始朝樹林狂奔，順便說一下，剛剛把我絆倒的東西其實是葵的屍體。

「喂！別跑！」聽到禿頭男的吼聲，我兩條腿就奔得更快了。

「可惡，一定要帶寧子逃出這些瘋子的手中！」我抱著這樣的想法牽著寧子的手逃跑，結果不知不覺地，我又回到了那棟木屋的門前。

啊！哲人他剛剛就是進了這裡面後才發出那聲慘叫的……

該死，這棟木屋裡難道還有其他山賊嗎？

正當我在猶豫要不要躲進去時，寧子抓起我的手說：「月斗，他跳下來了啦！」

我轉頭一看，就見禿頭男在遠處舉起獵槍。

「糟了！」我趕緊將寧子壓倒在地，接著「砰！」的一聲，窗戶碎裂的聲音頓時傳來。

「可惡！現在也只能先躲進去了！」

我站起身，趁禿頭男裝填新的子彈時奔進屋內，結果才剛踏入其中，腐敗的朽木味立刻撲鼻而來！

由於味道極濃，寧子她還不禁咳了出來。

「喂！哲人！」我踢開眼前的櫃子尋找哲人的身影，不過左看右看，映入眼簾的都只有老舊的傢俱。話說回來，這裡頭到底是怎麼一回事？整個大廳幾乎都快被書櫃、廚櫃與衣櫃給佔滿，其擁擠程度讓人寸步難行。

「哲人！你有聽到的話就快點回應我！」我持續呼喊哲人的名字，但哲人依然沒有回應我。

可惡，今天到底是怎樣？先是聽到女人慘叫，然後遇到山賊，接著葵死了，現在哲人又在這棟破屋裡鬧失蹤？

「沒辦法了，先上樓吧！」深怕被禿頭男槍殺的我，帶著寧子來到小屋內部的樓梯處。

當我們上到二樓後，一堆老舊的傢俱再度躍入眼簾，這些傢俱一樣都是些書櫃、衣櫃與廚櫃，這讓我不禁抱怨：「這裡該不會是什麼傢俱回收屋之類的地方吧？」

「喂！你這兔崽子別躲了！」禿頭男的聲音從樓下傳來，我趕緊推開眼前的櫃子，抱起寧子跨過這些天殺的傢俱。

然而在靠近二樓窗戶後，我便見到哲人躺在右側的牆角處。

「喂！哲人！」我蹲下搖著哲人的身子，因爲他現在一臉蒼白，口吐白沫，牛仔褲下還一片黑黑的，我低頭往他股間深吸一口氣，一股濃烈的尿騷味直衝腦門。

原來他失禁了！

「喂！月斗……」寧子拉著我的袖子，用著非常尖細的聲音說：「你……你看那個……」

我往寧子指的方向看去後，身子猛然一抖，因爲在另一邊的牆角處，居然有一幅紅衣女人的肖像畫！

女人面貌猙獰，五官扭曲，彷彿像遭受到什麼虐刑一般，極端痛苦，不過我立即回了神，冷靜地對寧子說：「只是幅畫，不用怕啦！」

「可……可是……」寧子渾身顫抖地說：「她剛剛……對我笑……」

「什麼？」我皺起眉頭看著畫，就見畫中的女人也在對我笑。

笑？

等等，她剛剛不是一副很痛苦的樣子嗎？怎麼現在嘴巴笑到比弦月還彎？

「哇哈哈哈哈哈！」女子突然發出了瘋笑，當場讓我嚇得抱緊寧子的身體。

「媽的！這是怎樣啦？」我緊張大吼，而且我還認出她的聲音正是我們剛剛所聽到的求救聲！

「原來是在樓上！」禿頭男的咆哮聲從一樓傳來。隨著腳步聲越來越近，我想也不想，直接抱起寧子往窗外一跳！

「劈哩啪啦！」窗戶的碎片落了一地，我的背後同時也傳來一陣沉悶的痛楚。

我摔到地上了，而且是重重地摔倒在地，幸好寧子她被我抱在懷中，所以沒有受到什麼傷害。

「月斗！你沒事吧？」寧子搖著我的身體問。我想伸手安撫她的情緒，卻發現手居然動不了……

不，別說是手了，現在的我，就連發出聲音都有些困難，在眼前一片朦朧下，我只能用沙啞的聲音說：「寧子……妳快逃吧……」

「咦？」

「妳……妳趕快逃……」我咳著血，像個老人般嘶啞地喊。

「不要！」寧子死命拉著我的手說：「要逃，也要跟你一起逃！」

「喂！」禿頭探出窗外，將獵槍舉向我們。「別再逃了，乖乖受死吧！」

寧子此時趴到我的身上，她想用自己那身嬌弱的肉體來保護我！

「對不起啦！我們不會再逃了，求求你不要開槍！」趴在我胸膛上的寧子哭得唏哩嘩啦！禿頭男子見狀，忽然笑道：「等我一下！」

他將身子縮進窗內，隨之一聲響亮的槍響從屋內傳來。

他……他把哲人射殺了？

「哈哈！」禿頭男再度探出頭來說：「我剛剛讓這傢伙幫你們付清其中一個

人的命了，所以你們現在只需再付給我一條命即可。」

聽聞此話，心底瞬間轟起一陣怒火，我激動到從地上彈起，伸出手指著他吼：「操！什麼付清不付清的，我們是有欠你命喔？而且你明明是山賊，學死神討命是做什麼啦？」

禿頭男聽完我的怒罵，嘴角登時凹成了倒V字形。

「你這小子是吃了熊心豹子膽嗎？居然敢這樣對我說話？」看到禿頭男子舉起獵槍，寧子趕緊擋在我前方說：「對不起對不起！拜託不要殺他……要殺，就殺我好了！」

「喂！寧子……」

「哼！」禿頭凹下的嘴角猛然一翹，笑了，他開懷地笑了。

「這個女孩，有趣！」

「咦？」見寧子疑惑，禿頭男便問：「喂！你們倆是兄妹對吧？」

「對啊！」我搶在寧子前回答。

「是嗎？真不錯呢！兄妹什麼的……」見禿頭男的表情變得十分古怪，就讓我感到待會似乎會發生很糟糕的事情。

「好吧！」禿頭男拿著槍指著寧子說：「妳想救妳哥哥是吧？如果妳現在把衣服脫光讓妳哥哥痛快地幹一場，那我就留下他的小命！」

「你說什……」

「至於你！」禿頭男將獵槍指向我說：「如果你把你妹妹讓給我幹，那我就讓你妹妹活下來。」

這個傢伙到底在說什麼啊……

這個該死的畜牲到底是在說什麼瘋話啊？

「快！只給你們五分鐘的時間考慮。如果時間一到，什麼事也沒發生的話，那我就兩個人一起殺！」

「好！我知道了！」寧子說完，開始在我面前鬆衣解帶。

「等等！」我趕緊阻止寧子。寧子在我耳邊輕輕說：「沒關係，他誤以為我們是兄妹。」

「不是這個問題！而是這種事對妳來說太過殘忍了！」

「我、我沒關係的！反正我一定要讓你活下來！」

「寧子！」我雙腿一軟，跪在她的面前嚎啕大哭，因為寧子她……她居然愛我愛到能夠犧牲自己啊！

「喂！你們到底要不要做啦？都已經過一分鐘了耶！」禿頭男不耐煩地催促著。寧子抓起我的手放到她那微微隆起的胸部上說：「對啊！哥，快點！」

「可……可是我……」

就算我再怎麼愛寧子，我也捨不得在這種情況下奪走她的第一次，而且完事之後她還會死耶！這樣我根本狠不下心啊！

「吼！我看我自己上好了！」禿頭吠完，離開窗戶。

寧子這時涕泗滂沱，聲淚俱下。「月斗你到底懂不懂啦！就算會死……我也不想跟那人渣做那種事啊！」

「可……可是妳……」

「我喜歡你！」寧子眼神堅定地說：「所以是你的話，我是非常樂意的！更何況這還是唯一讓你活下去的方法，所以月斗……你就別再擔心我了，好嗎？」

「寧子……」

正當我哭到泣不成聲時，一聲慘叫聲猝然響起！

「嗚啊啊啊啊啊啊——」

「怎、怎麼了?」我與寧子一同抬頭，就見殷紅的血從二樓的窗戶內噴灑而出。

「發、發生什麼事了?」我拉著寧子往後退了幾步，一隻血淋淋的人類斷臂便掉在我們的眼前。

「嗚——」寧子摀著嘴，似乎在強忍反胃的嘔心感。

接著，大量且急促的敲擊聲開始從屋內響起，其劇烈程度彷彿就像裡頭有很多人在躁動一般，但是我很清楚，那棟屋子裡面根本就沒有那麼多人!

對這情況感到毛骨悚然的我，立即牽起寧子的手說:「繼續留在這不會有什麼好事，快走吧!」

在一陣狂奔過後，我和寧子再度回到峭壁下方。

「寧子，來!」我蹲在峭壁下抬起寧子的腳，讓她能夠沿著峭壁爬上去。或許是腎上腺素發揮作用，我奮力一推加上她奮力一躍，一口氣就成功讓她爬上三公尺高的峭壁。

「月斗，換你了!」寧子抓著欄杆垂下手來。我對峭壁連蹬三下抓住她的手，不過她是女孩子，我不能將重心都放在她手上否則會拉斷她的手，所以我又再對峭壁蹬了幾下，才使自身跨過欄杆。

「好了，快走吧！」我拉著寧子的手跑到馬路中央。不遠的山壁下躺著鴨舌帽男的屍體，他的臉破了一個大洞，鮮血與腦漿灑了一地，大概是禿頭男幹的好事吧！

「叭——」

刺耳的喇叭聲從背後傳來，我和寧子回過頭，就見一輛白色小客車正緩緩朝我們這裡駛來。

「該死……」我咬著牙，在心中祈禱拜託不要又是山賊。

「喂！這裡發生什麼事了？」車窗裡探出了一名胖子。

「你……你也是上去旅館的嗎？」我膽顫心驚地問，深怕一個不注意，又會有一把槍指著我們的太陽穴。

「是啊！」胖子點著滿是肥油的臉。「你們沒事吧？這裡看起來好像出了什麼狀況。」

「你真的是要上去旅館？」我再質問一次。胖子指著後座說：「對啊！今天我難得放假，想說帶我弟弟一起出來。」

我瞇起眼，從駕駛窗望進去，發現後座那真有個小男孩坐在那裡。

太好了！他是遊客！

「對不起！能不能請你先載我們上去旅館？我們有急事需要報警，但是這裡收不到訊號……」

「那你們趕快上來吧！」胖子向我們招手。我打開車的後門，先讓寧子進去，我緊跟在後。關上車門後，胖子踏起油門，迅速駛離現場。

而在前往旅館的路上，無論胖子說什麼、問什麼，我和寧子始終都沒有回應他，因為剛剛發生的事情，實在是太過於突然、太過混亂，太過超自然了！

首先是那些山賊，為什麼他們的行徑能夠如此猖狂？難道這片山區都沒有山警駐守嗎？

還有那棟房子又是怎麼一回事？那個女人的呼叫聲、那幅畫、那些傢俱，還有哲人在死前到底是看到什麼，居然會被嚇到失禁……

「月……月斗……」寧子小小聲呢喃。我問：「怎麼了？」

「你……你看那個……」

我朝寧子顫抖的手指看去，就見她左邊的小男孩，頭低低的，嘴角還滲著唾液。

「喂！你弟弟好像出事了！」我趕緊拍著胖子的椅背喊道。不料胖子卻說：「先別管這個了，你知道這裡是國內十大自殺勝地之一嗎？」

「你說什麼？」

「其實我是人生失敗組，從小就因為身材的關係，一直被大家欺負，加上腦筋又不好，所以家人也對我很冷漠；長大以後，更因為沒有一技之長的關係，找不到工作，整天只能在家啃老……」

「先等一下！你剛剛說這裡是自殺勝地是什麼意思？」

「喔？就是在過去，有很多人都會到山頂上那棟旅館的停車場內，開著車往山壁下衝喔！」

胖子話才剛說完，頓時一聲轟天巨響，只見一輛客車就在前方十公尺處摔得稀巴爛！

「啊！就是那個！」胖子興奮地指著那輛摔爛的車說：「這裡正好是旅館下方，所以衝下來的車都會墜毀在這裡！」

「是喔！」我附和著他。

該死……本還以為逃過一劫了，沒想到居然又碰到一個神經病！

今天到底是怎麼一回事啊？

胖子繞過那團廢鐵，繼續說：「後來我弟弟出生了。本來家人對弟弟還抱有很大的期望，結果弟弟竟被診斷出有智能障礙。我深怕弟弟以後會走上跟我一樣的路，所以我想在他體驗到現實的殘酷前，先帶他一起前往更好、更美麗的世界。」

「原來如此，那你在開下去前，應該會先放我們下車吧？」我冒冷汗問。

「會啊！你放心吧！我不是那種自殺還要去波及無辜的人。」胖子笑著說。

寧子後來有偷偷跟我說，他的弟弟其實還有呼吸，我想他弟會像死人般動也不動，應該是被下了安眠藥吧。看來那個胖子嘴巴說的無辜之人，並不包含他的弟弟。

到達旅館的停車場後，胖子真的如他承諾的放我們下車。而在他朝斷裂的護欄駛去時，寧子還緊抓著我的手問：「不阻止他真的不要緊嗎？」

我摸摸寧子的頭說：「家家都有難唸的經。這不是我們能干涉的事，走吧！」

我帶著寧子轉身，隨即身後就傳來「砰！」的爆炸聲。

一踏入旅館大廳，我就對櫃檯的歐巴桑大吼：「喂！你們有電話嗎？快借我，我要報警！」

櫃檯的歐巴桑揮著手說：「不用報啦！那種事在這裡很常見的！」

「我不是指自殺那件事啦！反正快給我你們的電話就對了！」我重重往櫃檯的檯面拍了下去，歐巴桑她才嚇得趕緊把電話給我。

接過電話後，我按下了人生首次的一一〇。

之後，我與寧子靜靜坐在大廳的沙發上，腦筋亂成一團，完全不知道該用什麼心情來面對今天所發生的一切。

唉……如果當初我沒有提議大家一起出來玩，那或許葵和哲人他們……他們就不會……

「嗚嗚……」我忍不住哽咽起來，一想到以後再也見不到滿腔熱血的哲人，我就感到好心疼。因為他到死前都還不知道，其實我在很早之前就已經跟葵談過一場驚天動地的戀愛了。

「月斗……」寧子緊握著我的手說：「無論遇到什麼困難，我都會待在你身邊陪伴你喔！」

「謝謝。」我將寧子抱入懷中，輕輕撫著她的馬尾說：「妳今天好勇敢、好堅強，跟妳比起來，我簡直懦弱得不像話……」

突然，幾名身穿西裝的男人踏入大廳，他們來勢洶洶，一來就直接問我：「剛剛報警的人就是你對吧？」

「對啊！」我驚恐地回，總覺得他們來者不善，不懷好意。

「原來如此。」帶頭的男子對其他男子點頭，其他男子便直接將我架起。

「喂！你們幹什麼啦？」我激動地掙扎，耳邊同時響起寧子的尖叫。

「帶上車。」語音剛落，我的眼前隨即化爲一片黑暗。

＊＊

一睜開眼，我便發現我身處在一個幽暗的密室裡，由於手腳被束帶給綁得死緊，所以我完全動彈不得。

「喲！你醒啦？」一名梳著西裝頭的年輕男子，拉著一張鐵椅坐到我的面前。

「你……你是誰？還有寧子呢？你們把寧子怎麼了？」我咬牙切齒地問。男子說：「先別管這個了，你知道付喪神嗎？」

「付喪神？」

男子從西裝外套裡拿出了一張照片，我看了一眼，身子不禁抖了一下。在照片裡的，是一名身穿紅衣的女人，女人五官扭曲、面貌猙獰駭人，彷彿像遭到什麼虐刑一般……

等等，這張照片的內容，不就是那棟房子裡的那幅肖像畫嗎？

「不要給我看這東西！」我緊閉著眼，因爲這幅畫實在太過怵目驚心。

「瞧你這反應，看來你已經聽過她的慘叫聲了呢！」

「你……你也知道那幅畫會發出聲音？」

「當然，因爲那棟小屋的主人，正是我。」

「什麼？」

男子不理會我驚訝的反應，繼續說：「那幅畫啊！其實是一名殺人魔所繪製的。那個殺人魔很喜歡將受害者死前的表情畫下來，所以那女人在畫中的表情才會那麼恐怖。」

「是嗎？不過這跟你剛所提的付喪神有什麼關係？」

「我說的付喪神，正是指那幅畫……不，應該是說那棟屋子裡的器具，全部都是付喪神。」男子此時停頓一會，將手伸進西裝裡拿出另一張照片，照片的內容是一張有著三層抽屜的矮櫃。

「咦？這該不會也是那棟小屋裡的傢俱吧？」因為對這張照片產生了既視感，所以我才會那麼問。

「是的，這是白天所拍攝的樣子。」接著，男子又拿出一張照片給我看。

「而這是晚上所拍攝的樣子。」

「哇靠！這是什麼啊？」我嚇得驚問。

這張色彩較暗的照片，內容雖然也是剛剛那具矮櫃，不過現在卻多了許多人的面孔，而且還像是不懷好意般獰笑著，其駭人程度完全不輸給先前那幅女人的肖像畫！

「這就是付喪神，同時又稱九十九神。」

「九十九神？總感覺好像在哪聽過……」我皺起眉頭努力回想，但男子卻直接替我解答：「有聽過是一定的，因為九十九神在日本民間故事中算是很有名的妖怪。據說，祂們原先都是毫無生命的傢俱，但由於吸收過多人的精氣，因此便有了靈性。而在整個物久成精的過程中需花費九十九年的時間，所以祂們才會被稱之為九十九神。

「原來如此。」

「不過這其實是錯誤的說法。」

「是喔?怎麼說?」

「實際上，器具無靈，屬性爲陰，祂們只會吸收陰氣，也就是人類的負面情緒，像是憤怒、悲傷或痛苦。那幅紅衣女人的肖像畫正是一個例子，祂因爲吸收了受害者生前的強大怨念，所以才會模仿女人臨死時的慘叫聲夜夜作怪。曾收藏過這幅畫的畫家啊!不是被祂嚇到精神出問題，就是直接心臟病發進棺材。」

聽到這裡，我總算才明白哲人當時爲何會尿失禁的原因了。

「至於其他傢俱，也都是處在曾發生命案的凶宅裡太久而化爲九十九神。如果對祂們置之不理，那祂們將會繼承這些負面情緒危害人類。這個概念其實跟自殺勝地很類似，那些地方的自殺事件爲何層出不窮，正是因爲該地累積過多怨氣，導致整個磁場都轉換爲對人類不利的負面磁場。」

「我懂你的意思了，你那棟林中小屋，就是用來收集各地的九十九神對吧?」

男子笑道：「是啊！正是這樣！」

「那既然怕祂們危害人間，幹嘛不直接把祂們銷毀掉就好了啊？」

「因爲祂們是我的商品。」男子站起身來，將雙手插進口袋說：「我將這些九十九神賣給客戶的敵對公司，只要在他們的辦公室內放置一具傢俱，就可以爲他們帶來無限厄運。」

「不……不會吧？」我吞了口沫。「結果到頭來，這些九十九神仍然在你的利用之下繼續危害人類啊！」

「別這麼說。就算沒有我，還是有其他人在做這門生意的。」男子此時將頭靠向我的耳旁，用壓低的嗓音說：「你在家的時候，有沒有發覺東西常不翼而飛？你在睡覺的時候，有沒有時常聽到櫃子發出『啪！』的噪響？你在洗臉的時候，有沒有常覺得鏡子裡的人……」

「夠了！別再說了！」我不耐煩地對他咆哮，他才縮回了脖子。

「其實你該感謝我，因爲我專門收集世上最危險的九十九神。這些九十九神可不只是會嚇人，或者爲人帶來厄運那麼簡單，如果惹到祂們，祂們可是能直接驅動空氣中的粒子……啊！這樣說太複雜了，簡單來說，就是祂們能夠以念力咒殺他人，將人碎屍萬段！」

聽完男子的解說，禿頭男在屋內的遭遇之謎同時迎刃而解。

「原來是這樣……對了，你知道你那棟小屋的維安出了很嚴重的問題嗎？附近山賊一堆，門也沒有做防盜鎖，居然能夠讓外人輕易地闖進去。」

「我知道。」男人走到我的背後說：「不過山賊會多的原因，是因爲我在那棟屋子收了太多九十九神，加上不遠處又有個自殺勝地，因此這片森林的磁場才會轉換成負面磁場。正所謂同類相吸，許多獐頭鼠目之輩在隱隱之中被引導至此，所以才會造成這裡豺狼當道，鼠輩橫行。」

語畢，他開始解開綑綁我手腳的束帶，這讓我很驚訝地問：「咦？你要放了我？」

「是啊！我一開始不就說過我不會對你怎樣嗎？」

「你最好有說啦！」我從椅子上站了起來，看著被束帶綁到瘀青的手腕問：「不過你爲什麼要特地對我說這些事情？」

「因爲我欠你一個道歉，對於你朋友在那裡所遭遇的事情。」

「是啊……」聽到這裡，我十指緊握，理智處在斷裂的邊緣。

「要不是你把房子蓋在那，把那些山賊都引過去的話，那麼……哲人和葵他們也就不會死了！」

吼完，我的理智跟著啪喀地斷線，我盛怒抬起鐵椅往男子身上砸去。

但男子一個閃身，俐落地掃出腿使我摔倒在地，接著，男子瞬間用手肘壓在我的脖子上吼：「我已經跟你解釋所有事情的真相，請你不要敬酒不吃吃罰酒！」

「什麼啦？明明就是你這混蛋的錯！放開我，我要殺了你！」我死命在男子的手下掙扎，但肚子此時傳來一陣劇痛，讓我不禁蜷縮起身子痛苦哀嚎。

「你最好別再用這種態度對我，你可別忘了那女孩還在我的手上！」

「寧……寧子？」

男人將我身子拖進了陰暗處，我隱隱約約能從中看見前方有一扇鐵門。

「有關於你朋友遭遇的事情，我是真心感到抱歉，他們的後事我會協助處理。至於你最好也識相一點，別再去那座森林，也不要對其他人說那棟屋子的事情，懂嗎？」

「了解……」我奮力點頭，一想到寧子還在他的手上，我就不敢輕舉妄動，誰知道他們會對寧子做出什麼不道德的事。

男子伸手推開了鐵門，招牌閃爍的霓虹燈光照來，汽車呼嘯聲直入耳中，在外頭的是熟悉的夜晚街景——東京的街景！

「好了，快滾吧！」男子一腳將我踹了出去。

我趕緊穩住身子，倏地轉身。「喂！等等……」鐵門，消失了。

取而代之的，是一片冷冰冰的水泥牆。

「不……不會吧？」我伸手摸著粗糙的水泥牆驚呼，不過這份訝異沒持續多久，不知寧子下落的我很快又焦躁起來。

我握起拳，開始瘋狂搥著水泥牆大喊：「喂！寧子呢？你這混蛋！把寧子還給我啊！」

「月斗！」

「咦？」我朝聲音傳來的方向看去，就見寧子雙眼閃爍地望著我。

「寧子！」我奔向她，緊抓她的雙臂問：「妳沒事吧？他們有沒有對你怎麼樣？」

寧子搖搖頭說：「沒有！他們只是要我不要把今天的事情說出去而已。」

「是嗎？太好了……要是今天妳也出了什麼事的話，那我……我真的會崩潰的……」

「我也是！」寧子熱淚盈眶地說：「如果月斗你也不在了，我也會追隨你的腳步離去的！」

「嗚嗚……」我們倆相互依偎，一同為哲人與葵的遭遇哭泣，也一同為自己撐過今天這場災難感到慶幸。

在情緒恢復平靜後，我握起她的小手說：「寧子，我向妳發誓，我一定會幹出一番事業，並娶妳為妻！」

寧子眼睛瞪得斗大，貌似非常驚訝，但隨即便露出親切的微笑說：「嗯！謝謝你，但是月斗……無論你是否成功，我都會一直在你身邊陪伴著你！」

見寧子純真的笑容，我真心感到能夠成為她的男朋友，真的是全天下最幸福的事，於是我牽起了她的手，與她一同從朋友逝去的陰影中邁出步伐。

時間是晚間六點，琴羽與她的父親處在幽暗的客廳內，兩人中間隔了張茶几，茶几上佈滿密密麻麻的帳單，有水費、電費、瓦斯費、房屋租金、銀行催債信等等。這些帳單雖然都是來自不同地方，但現在卻有一個共通點，那就是它們均是已繳費完畢的帳單。

琴羽的父親面無表情，敲著這些帳單問：「這些錢，妳哪來的？」

察覺父親的疑問帶有幾分不悅，琴羽緊抓起制服的百褶裙，小小聲說：「跟朋友借的。」

「朋友？哪個朋友？」

「那個……是繪理香。」琴羽說到這停了一會，發覺父親仍是直眉瞪眼地望著她，便決定再加些火力。

「啊！之前有跟你提過啊！繪理香她是有錢人，而且心地很善良，所以在聽到我們家的狀況後，她一口氣就答應要幫……」

「夠了！」父親以斥吼打斷琴羽的話。「妳不要再說謊了！」

「我……我沒有說謊……」琴羽縮著顫抖的身子否認。父親朝她伸出手說：「那不然妳把那個繪理香的電話給我，我去問清楚。」

「咦？這、這個……她現在可能不方便……」琴羽千方百計想擺脫父親的要求，殊不知自己驚慌失措的模樣早已洩漏她說謊的事實。

「妳就別再騙了！」父親將一部分的帳單拿至琴羽的面前說：「這些帳單的總額啊！幾乎可以讓我一個月賺的錢所剩無幾，而妳的生活費還是我給的。所以現在我再問妳一次，每個禮拜零用錢幾乎不到五百塊的妳，到底是從哪裡生出這些錢來支付這些帳單的？」

在父親咄咄逼人的追問下，琴羽臨時編織的謊言瀕臨潰堤，手足無措的她此時只能緊咬下唇，內心則因到底該不該說出真相而掙扎不已，不過就在父親接下來說出那句話後，她雙肩一震，崩潰了。

「是援交嗎？」

此話一落，琴羽霎時感到如萬箭穿心般的劇痛，諸多一時無法釐清的思緒湧上心頭，這讓她再也無法繼續向父親撒謊，斗大且包覆不恥的淚珠從眼角落下，無需回答，這副模樣已足夠解答父親的疑惑。

「抱……抱歉……」琴羽邊擦拭眼淚，邊苦笑著說：「我……我是不是讓爸爸失望了？」

「不，是我。」語落，父親在琴羽的面前跪下磕頭，而琴羽被他這突然的舉動嚇著，趕緊上前將他扶起。

「爸爸！你在做什麼？快起來！」

「讓我跪吧！因爲我對不起妳！」

「你不要這樣啦！」

「我就是要！」父親抬起因下跪磕頭而紅腫的額頭，並緊抓琴羽的雙臂喊道：「對不起！琴羽，這都是爸爸的錯！要不是我之前太糊塗被人設計，妳也用不著這樣犧牲自己……」

「別說了爸爸，這並不是你的錯啊……」琴羽流著淚，想起三年前父親還在大企業上班的時候，因爲被同事設計仙人跳而被敲詐了許多錢。

當時父親爲了面子，還私下動用公款以及向地下錢莊借錢想掩蓋一切。結果最後仍東窗事發，這不僅導致他被公司開除，就連老婆也跟他撕破臉跑了。

最後父親也因有私用帳款的汙點，使得所有企業都不敢雇用他，這令他只能靠著打零工維生。而他們貧困的家境雖然還能夠依賴社輔津貼過活，但先前積欠錢莊需要償還的錢很快就使其消耗殆盡。

如今，他們窮到連唯一的家都快要失去了，這使琴羽沒有選擇，只能忍痛抹滅自己的心靈來出賣自己的肉體。

而十三歲的胴體在市場上具有珍貴價值，所以無論做過多少次，就算繼續開出比一般市價高三倍的價錢，仍還是能吸引許多富人前來相爭。雖然身體會因此被蹂躪得殘破不堪，不過與父親在外頭打拚的辛苦相比，這些痛楚根本就算不了什麼，只要能夠和父親一起守住這個家，那就算日子過得再苦，她也能夠欣然接受。

前提是，如果這件事沒被父親發現的話。

「對不起，都是爸爸不好，明明曾說好不讓妳擔心經濟問題，但這三年的日子也讓妳窮怕了吧？」父親一把鼻涕、一把眼淚向琴羽哭喊。

琴羽明白他是在說過去他們被討債人員暴力相向，以及時常只剩一百塊度日的那些日子。她本還以爲能夠藉由援交所賺來的錢來減輕父親的壓力，但結果卻反而是讓他傷心欲絕。

這使琴羽深深感到一種強烈的罪惡感，她傷到他的心，且還傷得很徹底。於是她向前環抱父親，並在他的耳邊哽咽地說：「對不起爸爸，這都是我的錯，我向你發誓，我以後再也不會做這種事了。」

「真……真的嗎？」父親哭喪地問。琴羽便輕撫他的臉頰說：「嗯！再也不做這種事了，所以爸爸你趕快起來，好嗎？」

「好……」在聽到琴羽真誠的誓言後，父親終於肯從地上站起，接著他將手放在琴羽的肩膀上說：「那之後有關錢的事情，全都交給爸爸煩惱就行了。妳現在呢！只要專注在課業上面就好。」

「好的，爸爸！」琴羽抹掉淚水，以溫柔的微笑回應父親。

＊＊

深夜十二點，琴羽穿起灰色帽T與熱褲，靜悄悄地走到父親就寢的房門外，她輕輕將房門推開足以看清裡頭的縫隙，發現父親已熟睡後，她便踮著腳尖、偷偷地溜出屋外。

當她來到昏暗的街上，她便拿出手機打開一封簡訊，簡訊裡僅標示著時間、地點與暗號，這是今夜她與客戶交易的資訊。雖然剛剛已經答應過父親不再做這種事，不過她明白如果她真就此收手不做，那父親很快就會因過勞而死。

琴羽在心中發誓絕不會讓這種事發生！她寧願讓自己承受不堪與痛苦，也不會犧牲與父親一起生活的時光。畢竟父親是她僅存的親人，如果連父親都不在了，那她也……

「喲！小姑娘妳好啊！」背後突然傳來老人沙啞的聲音。她嚇得轉回頭看，便見到一名身穿和服的矮胖老人站在路燈下。雖然琴羽直覺這老人有些怪異，深夜中還穿著老舊的和服在路上溜達，不過她還是很有禮貌地回應他說：「你好！」

老人點頭致意，問道：「想請教姑娘一下，大半夜的，小姑娘是要去哪兒啊？」

「呃……我是要去便利商店。」

「要去買宵夜嗎？那需要用到錢吧？來，說一個數字。」

「什麼意思？」

「就是妳向我提出妳渴望的金額，我就能呼應妳所開的額度變出相當的金錢給妳。當然……這是有條件的，若妳真的想拿到錢，那還得請妳先通過我的考驗。」

「咦咦？」不懂老人葫蘆賣什麼藥的琴羽心想：「難不成他是精神失常的失智老人？」

就在這時，老人舉手彈響一聲手指，隨之，令人無法置信的事發生了！數百塊金條忽然從天而降，清脆的撞擊聲接連發出，琴羽被這一幕嚇得目瞪口呆，但隨後腦海便浮現出過往的記憶。

那是在小時候，他們一家三口還幸福地在一塊時，母親曾跟她說過一個妖怪的故事。這個妖怪名叫金靈，祂會在國內四處徘徊，若是遇到人，就會向那人問他想要多少錢，當那人說出他要的金額後，祂就會要他擊敗待會路過的三個人，並依照這三個人的等級給予相等的金額；也就是說，如果擊敗這三人中最厲害的那個人就能夠拿到所有的錢，反之，若是只擊敗最弱的人，那就只能拿到原先金額的十分之一。

而現在，琴羽的第六感正對她發出強烈的訊號說，她現在碰上的老人正是金靈！

「原……原來是真的存在。」琴羽難以置信地看著這些閃閃發亮的金條，依照剛才掉落在地上所發出的聲音來看很明顯不是假的，更不用說它們還是騰空出現，就算現代科技再怎麼發達，依然還是無法憑空製造出物體。

「這下相信了吧！小姑娘。」

「嗯嗯！」琴羽雀躍地點頭。她對現在的情況感到又驚又喜，本以爲那些故事都只是民間傳說，沒想到現在卻閃亮地出現在自己面前，可見世上還是有著發生任何事的可能性。

「那麼，妳想要多少錢呢？」

「呃……我想想……」

其實正確來說不是琴羽想要多錢，而是她需要多少錢才能夠付清父親的債務，以及讓他們以後再也不用擔心錢的問題；在經過一番深思熟慮後，她決定使用這個數字。

「一千億。」琴羽眼神堅定地說。雖然這答案聽起來像在胡鬧，不過這的確是琴羽她深思熟慮後的結論。

因爲根據金靈的規則，若她無法擊倒最厲害的人，那就算擊敗最弱的那人依然也能夠贏得一百億元，基本上有這些錢就可以安然度日了，所以琴羽才會選擇這個數字。

「喔？沒想到看小姑娘如此嬌幼，但卻有超越世俗的宏大野心，真是不錯呢！」金靈露出鑲著金牙的牙齒笑道，接著伸手指向琴羽手持的手機說：「那就去把妳待會要服侍的金主送上黃泉吧！」

「嗯……咦？祢、祢說要送他上黃泉，意思是要我殺死他嗎？而且祢怎麼會知道這件事？」琴羽一臉疑惑地問，還懷疑是不是自己聽錯了。

此時金靈走向前說：「人的法規會隨著時代改變，妖怪的妖規也是……至於爲什麼我會知道妳要去哪裡，這當然是因爲我正是前來救濟眾生，所以對妳現在的處境以及行爲都瞭若指掌。」

「什麼？」琴羽對這樣的回答感到非常錯愕。就算她目前的處境非常糟糕，每天都要與不同的男人過夜才能勉強付清一個月的帳單與債務，但現在突然要她殺人……雖說是可以換取龐大的金錢讓她從此過上無憂無慮的日子，不過那可是用人命換來的耶！難道人的性命是能夠用金錢衡量的嗎？

「如果要殺人才會有錢的話，那我不要了。」說完，琴羽以俐落的轉身清楚表達她並不認同以命換財的做法。但就在她旋踵的那一剎那，一張猙獰的面孔立刻貼了上來！

「妳以爲妳說不要就不要嗎？」金靈的五官因憤怒扭成一團，祂用那雙犀利的雙眸瞪著琴羽說：「在妳剛剛開價的那一瞬間，我們的契約就生效了，如果妳就此毀約，依照妖規，我可以直接在此把妳給『吞噬』喔！」

語畢，金靈將嘴巴張開至超乎常人的弧度，讓琴羽能夠清晰看見那充滿尖牙利齒的口腔。生物的本能迫使琴羽跌坐在地，她一臉鐵青地向金靈喊：「好好好！我知道了，我去做就是了啦！」

「嗯！這樣才乖嘛！」金靈收回方才的青面獠牙，從袖口中拿出了一把金色小刀，此刀以純金打造，在路燈的燈光下顯得耀眼至極。

「看在妳那非凡的野心，這把刀，就當作是我給妳的贊助品吧！」金靈將金刀遞給琴羽，琴羽顫抖地接過手後，無力地說了聲：「謝、謝謝。」

「那我在這裡等妳的好消息啊！」

「嗯……」琴羽用著僵硬的笑容回道。

在前往與客戶約定地點的路途中，琴羽她一直在想她怎麼那麼倒楣地遇上這種怪事。不過事情已成定局，如果她不殺死老妖怪指定的人，那她就會死。完全沒有選擇餘地的她，也只能硬著頭皮抹滅自己的良心，痛下殺手。

十分鐘後，琴羽抱著忐忑的心情來到與客戶約定的街口。如簡訊上所說的，一台黑色轎車就停在那兒，琴羽走上前敲敲車窗，車窗搖下，一名身穿西裝的中年男子露出臉來。

「我喜歡提拉米蘇。」琴羽現在說的這句話是他們兩人相約的暗號，男子聽聞後，點頭示意要她上車。

在與男子前往旅館的路上，琴羽開始煩惱到底該在何時何地殺死他這個問題。是要直接在車上做掉嗎？還是等到達旅館後再殺死他呢？

如果直接在車上殺死他好像會比較好，因為大半夜裡沒有人見她上他的車。所以待會只要小心一點不要在車上留下線索，那事後應該是不會被發現吧？

不過若真要在車上殺人，那也只能等到男子停紅燈的時候才能執行了，不然到時出車禍而導致自己喪命不就本末倒置了嗎？但隨後琴羽便發現這個方法完全不可行，因為半夜中的紅綠燈幾乎都是閃黃燈的狀態，也就是說，男子可以一路直衝旅館，根本就沒有讓琴羽有殺死他的機會。

看來只能選擇第二種，也就是在旅館殺死他了！

不過這樣風險也會提高許多。因為事後警方只要調查旅館的監視器，一定會發現她在男子死掉的當晚曾跟他同房過，到時候肯定會將她列為頭號嫌疑犯……

唉！還是先不要考慮那麼多，反正她一定要設法找到機會來殺死這名男子，不然自己就眼睜睜看著金靈來收割自己的性命吧！

之後，當兩人在旅館櫃檯開房時，櫃檯人員可能已對中年上班族在夜裡帶少女開房的情況習以爲常，所以當下並沒有表現出特別的反應。而在男子帶琴羽進入小套房後，琴羽便悄悄取出藏在袖口中的短刀，她想要在辦事之前就殺死這名男子，這樣不僅可以完成金靈的指令，同時也能履行先前與父親立下的誓約，也就是再也不與男人做這種事了。

不過正當她鼓起勇氣高舉起刀、準備要往男子的後頸刺下去時，男子卻突然開口說：「不好意思。」

「咦？」琴羽的行動硬生生被這句話打斷，接著男子倏地轉身，琴羽嚇得趕緊將持刀的右手藏至背後。

只見男子從公事包裡拿出一支針筒說：「我在簡訊裡忘了提一件事，那就是我非常喜歡一種玩法，但這種玩法很特殊，不是每個人都受得了，所以爲了確保待會的興致，還得請妳先挨上這一針才行。」

「你、你說的特殊玩法是什麼意思？」琴羽掌心冒汗，心生恐懼。

男子走向前說：「待會妳就知道了，來，先亮出妳的手臂吧！」

又是一個性癖特殊的怪叔叔嗎？不過這男人眼神散發出的感覺跟先前那幾個

色老頭不一樣，雖然琴羽說不出那感覺到底是什麼，但是她直覺認爲，若乖乖照男子的吩咐挨下那一針，那之後肯定沒好事，所以……

「呀啊啊——」琴羽冷不防將刀劈向男子，不過男子反應迅速，一個步伐，他瞬間退離琴羽兩公尺的距離，接著，他低頭見自己的西裝被劃破一痕後，額爆青筋，勃然大怒。

「妳這瘋婆娘是在發什麼神經！」男人大聲咆哮，但琴羽繼續持刀向前突刺，男子提起公事包防衛，琴羽的短刀便硬生生刺進公事包裡。

「啊！糟糕……」

就在琴羽試圖拔出卡在公事包上的刀時，男子奮力將公事包轉了半圈，當下就讓琴羽持刀的手受到劇烈扭傷，她握起發疼的手腕哀號，而公事包也因這麼一轉，裡頭的東西全都掉了出來。

「這、這就是你這傢伙所說的特殊玩法？」琴羽緊握手腕，瞪大雙眼看著散落一地的器具驚問。在這些器具中，有手術刀、手術剪、手搖鑽、弓形鋸、咬骨鉗等大量手術用具，光看這些，不用男子解釋也能夠知道他到底是想玩些什麼。

「是啊！所以才需要打麻醉針嘛！」此時男子的嘴角微微起了變化，上揚的弧度能讓人瞬間豎起寒毛。他將針筒指向琴羽說：「來，現在乖乖挨上一針的話，那我就原諒妳剛剛的行爲喔！」

「你……你根本瘋了！」琴羽怒吼，伸出左手撿起地上的手術刀。男子見狀，跟著將卡在公事包上的金色小刀拔出，緊接「唰！」的一聲，鮮紅的血花瞬間綻放於兩人之間。

「嗚啊———」琴羽的左手臂被劃上一刀，當場血流如注。男子的右肩同樣也因被刀劃傷而滲出血來，他痛得抱起右肩怒吼：「妳這小淫娃想這樣玩？好，我奉陪！」隨後他將針筒扔在地上並狠狠將其踩碎。

「哼！其實不對妳施打麻醉也是挺有樂趣的，只是可能要先把妳的聲帶切掉，否則待會發出的慘叫引來注意的話可就麻煩了。」男子說完，還舔了一口刀身表示他真的很享受這場遊戲。

琴羽則是被他反常的模樣搞到殺意盡失，現在的她只想趕快逃離這裡，哪怕只有一秒，她都不想再見到這天殺的變態一眼！於是她先向男子投出手術刀，趁男子舉手防衛時再轉身衝出套房。

而在奔跑途中，身後傳來的咆嘯聲告誡她絕不能停下腳步向櫃檯人員求救，否則她一定會立刻慘死在男子手上。還好先前在田徑社練習的成果，讓她有著充分的體力來躲避男子的追擊。

在倉皇逃出旅館的三十分鐘後，琴羽不知道自己到底跑了多遠，只知身後的男子已消失無蹤。認為危機解除的她疲憊地靠在路燈旁喘氣，喘著喘著，忽然感到胃部一陣抽搐，讓她不禁在路燈下乾嘔。

「呦！看樣子是失敗了呢！」一聽到金靈的聲音從身後傳來，琴羽就驚慌地抱起頭喊：「對、對不起！拜託不要殺我！」

「別害怕，妳難道忘了妳還有兩次機會了嗎？」

「咦？」琴羽聽聞這話，恍然大悟。

沒錯，她確實是還有兩次機會啊！看來是剛才過度緊張的關係，害得她都把金靈的三人規則給忘光光了。

「不過妳把我好心給妳的東西弄丟了，我很生氣喔！所以妳待會自己想辦法吧！」

「對不起……」琴羽揉著滲血的左臂道歉。金靈這時莞爾一笑，說：「沒關係，反正剛才那位是這三人中最壞的，接下來的就沒那麼厲害了。」

金靈指向對街的公園的問：「妳有看到那裡有個人嗎？」

琴羽見金靈指著一名睡在長椅上的流浪漢。

「祢的意思是……下個目標是他？」

「聰明，如果妳覺得休息夠了，那就可以上了。」

「可……可是……」不知爲何，琴羽見流浪漢渾身髒兮兮的模樣就感到有些同情，因爲這讓她聯想到她的父親。在情緒失落的那一陣子，父親也是像那名流浪漢一樣把自己弄得很頹廢。

那位流浪漢肯定也是遭遇到什麼困境，逼不得已才會流落街頭吧？

「收起妳那多餘的同情心吧！那個流浪漢是條毒蟲。」

「咦？」

金靈說：「看在妳是有史以來年紀最小的簽約者份上，我就破例跟妳說吧！其實被我挑上的人全都是社會敗類，殺人犯、吸毒者、竊賊、酗酒者、強姦犯、妓女……不用懷疑，就是在說妳。」

「……」琴羽一時不知道該說什麼。金靈繼續說道：「不過礙於妖規，我無法直接對人類出手，必須要藉由簽約者的手才能消滅這些敗類，簡單來說就是以惡治惡。而簽約者若是成功履行他的職責，那麼還可以得到一大筆錢讓他鹹魚大翻身呢！妳看，這不正是所謂的雙贏嗎？壞人死掉，我高興，妳有錢，妳也高興。所以就不要再想那麼多，只要記得殺死他，妳就能得到五百億這點就夠了。」

「好……好的。」雖然琴羽對殺人這點還是感到有些排斥，不過或許正如金靈所說，這是一場雙贏的遊戲。而且換個角度想，就算父親拼了一輩子的命，可能都還繳不清那些債務，但她現在只需花幾十分鐘，就能夠大幅改變他們往後的人生！

於是琴羽下定決心，不再對殺人這件事感到動搖。畢竟她先前就已經在內心發誓過，無論她遭受到什麼樣的痛苦都要守住這個家，所以即使雙手沾染鮮血，即使日後都要飽受罪惡感的折磨，她都要咬緊牙關讓父親幸福！

金靈瞧琴羽的眼神堅定，大聲稱讚：「對！就是這種眼神。」

琴羽從地上撿起一塊石磚說：「等我的好消息吧！」

睡在長椅上的流浪漢，眼皮抽動，嘴角微揚，似乎是夢見什麼好事。不過琴羽沒心情理會這些，她在流浪漢的頭上高舉磚塊，還刻意將磚塊的銳角對準流浪漢的眉心。

「對不起。」這個道歉，是琴羽她最後的良心。

不過或許是情緒太過緊張，琴羽她完全沒意識到，自己那雙纖細的手根本就沒有砸死人的力氣，所以在把磚塊砸下去後，當然就只有把流浪漢給痛醒而已。

「好痛啊——」頭破血流的流浪漢發出淒厲的慘叫。琴羽驚覺失敗，趕緊再對流浪漢砸出第二次重擊，不料流浪漢居然順著琴羽的攻勢搶走她手上的磚塊，這讓琴羽嚇得連忙喊道：「對不起啦！我、我不是故意要……」

「夠了！」流浪漢暴跳如雷地從椅子上跳下來吼：「妳是昨晚整我的那群小屁孩的同夥對吧？我受夠了！看我殺死妳！」

「等等，你誤會……」琴羽話還沒說完，流浪漢便用搶過來的磚塊直接賞了她一巴掌。在劇烈的衝擊下，琴羽霎時感到一陣天旋地轉，接著在眼前一片朦朧中，她被流浪漢給壓倒在地。

「妳是瞧不起我嗎？妳這小畜牲是不是瞧不起我才這樣整我？」流浪漢抓起琴羽的領口怒問，但琴羽因剛才的攻擊而陷入半昏迷的狀態，根本就沒有辦法回應流浪漢的問題。

流浪漢見到此狀，淫念猝然心生，他開始像飢餓的豬般用發臭的嘴吸吮琴羽的頸部，再來還粗暴地脫去琴羽的熱褲……完全無力抵抗的琴羽，只能眼睜睜看著獸慾焚身的流浪漢侵犯自己。

＊＊

凌晨五點半，淡橙色的晨光照耀街景，琴羽一跛一跛地走在毫無一人的街道上，在見到前方不遠處有座公共廁所後，她拖著沉重的身子往那走去。

靠近公廁前的洗手台，琴羽在鏡中瞧見自己狼狽的模樣。她的臉因遭痛毆而腫脹，身體也因被施予暴行而遍體麟傷，不過對此她沒有太多反應，只是向鏡子冷笑道：「沒關係，我……我可是還有一次機會呢！」

「即使失敗成這副德性，還是能堅強地站起來嗎？真是令人佩服呢！」金靈的聲音從旁傳來，這回琴羽沒有再被嚇到，她轉身將腰靠在洗手台前說：「堅強？哼！祢這樣說就太抬舉我了。我只是認爲……反正過不久後我就會有一百億，那到時候任何事都會變得無所謂罷了。」

金靈瞧見琴羽用著空洞的雙眸說出這番話，露出了極爲滿意的笑容。

「好吧！看妳這夜過得那麼辛苦的份上，我就再破例贊助妳一次。」金靈說完，再度從袖口中拿出金色小刀，琴羽接手，冷聲直問：「下個目標是誰？」

「我想一下……啊！有了！下個目標就選妳待會見到的第一個人吧！」

「見到的第一人？好啊！」琴羽舉起刀，看著金光閃閃的刀身想著，反正這個時間點，在街上碰到的幾乎都是在做晨間運動的老人，老人嘛……不就是種隨便打隨便砍就會死的生物嗎？

呵呵！雖然這樣想好像有些殘忍，但只要這次成功，她就能夠與父親站上社會的頂層了。那就算之後有什麼法律的問題，只要多塞點錢給警方與法官的話應該就沒問題了吧？電視上那些政客不就都是這樣平息醜聞的嗎？哈哈！反正只要有這一百億啊！那無論是何種困境都能夠迎刃而解呢！

「琴羽——」忽然聽見熟悉的聲音，琴羽反射性抬頭望去，便見到自己的父親騎機車過來。

「爸、爸爸？」見到父親後的琴羽，身子不由自主地顫抖起來。

爲什麼？爲什麼是你？

你不是應該在家裡嗎？爲什麼……爲什麼會來到這裡呢？

正當琴羽百思不解，琴羽的父親早已跳下機車朝她直奔過來。

「哇！琴羽妳怎麼會傷得那麼嚴重？」父親用心疼的眼神掃視琴羽的身子，

再來牽起她的手說：「來，爸爸現在立刻帶妳去醫院。」

「我不要！」琴羽狠狠甩開父親的手。父親滿臉著急地問：「可是琴羽妳的身體……」

「你先給我說清楚！你為什麼會到這裡來？」琴羽撕心裂肺地向父親大吼，因為他出現的時間點實在是太糟糕了。

「那是因為有人打電話跟我說妳在這裡，雖然我不知道那個人是誰，不過在見到妳不在房間後，我就直接趕過來看是到底是不是真的，結果就發現妳真的在這裡！」

「什麼？」聽到父親的回答，琴羽此時的感受只能用如被閃電劈到般來形容。縱使腦海裡還是一片混亂，但她現在總算是搞清楚這整件事到底是怎麼一回事了！

「喂！琴羽，妳要去哪裡？」

「你不要跟過來！」琴羽邊吼、邊朝廁所內奔去，焦躁的父親緊追在後，但琴羽速度更快，她跑進最後一間隔間將門鎖上，接著無論父親在外頭怎麼大喊，她都沒有半點要開門的意思，因為她已經知道這一切的一切，全部都是金靈所設下的陷阱！

「祢這王八蛋快給我出來！」在琴羽怒喊下，金靈立刻現出形來。琴羽一見到祂，也不知是哪來的勇氣，竟然直接將金靈壓在牆壁上吼：「祢這混帳！說什麼要救濟眾生，我看祢……根本就只是想看我們爲錢爲命而上演的鬧劇對吧？」

吼音落下，金靈嘴角兩側也跟著下沉。

「小姑娘，妳是不是誤會什麼了呢？」

「啊——」琴羽放聲尖叫，因爲金靈正緊抓她左手臂上的傷口，其力道之大讓琴羽不禁哀求：「好痛！快放手……」

「我可是好心給妳這骯髒的女孩一個機會，妳卻如此毫不領情地對我辱罵！難道妳就這麼想死嗎？」

「對不起！我知道錯了啦！拜託，求求祢放手……」

「哼！」

金靈一鬆手，琴羽就握起差點被捏斷的手癱跪在地，剛剛的疼痛甚至還讓她差點失禁。

「聽好了，這是妳最後一次機會，如果妳再不好好把握，那妳這短暫、窮酸又骯髒的人生就真的要在此結束了，妳想要這樣嗎？」

「不是的……我……」

「妳一直很嚮往其他人的生活對吧？無論是與朋友聚餐郊遊還是交男朋友。但如果妳現在就步上黃泉，那麼這些東西就永遠只是無法實現的夢！妳難道真想要什麼都沒體驗過就這樣死掉嗎？」

「我當然不想啊！」琴羽發自內心放聲吶喊：「何止祢提的那些，我可是還想經歷多采多姿的高中生活、去吃上一次懷石料理、登上東京鐵塔的觀景台，更想組樂團成為一流的吉他手！但……但就算我再怎麼渴望這些東西，這殘酷的現實仍會不斷提醒我別再妄想下去，因為我們家什麼東西都沒有，就只有繳不完的帳單與一屁股的債務要還而已！」

金靈皺起眉頭說：「妳對我吼這些有什麼用？要怪就去怪門外那個人，他才是剝奪妳實現夢想的罪魁禍首！」

此話一出，琴羽頓時啞口無言。

「如果他當初沒被色慾薰心的話，那妳還會淪落到這樣的下場嗎？」

「這……這個……」

「而且換個角度想，妳爸在外面拼了老命工作不正是爲了妳嗎？所以說這就跟妳殺死他是一樣的道理嘛！只不過是死的比較早而已。」

「祢……」琴羽很想反駁金靈，卻發現自己竟然沒辦法否定祂說的話。

沒錯……其實琴羽過去也曾經想過，要是她父親當時不要因一時的慾望而踏入同事設的陷阱，那麼她母親也就不會離她而去，一家三口也就能繼續幸福地活下去了。

可是對於已經發生的事情，無論再怎麼想也都無法挽回，唯一能改變現況的方法，除了奇蹟之外別無他法。

而現在，正是奇蹟降臨之刻！

「放手去做吧！爲了他人痛苦那麼久，現在也該是爲自己而活的時候了。」

琴羽沒有回應金靈的話，只是緩緩起身，默默轉開門把，走出隔間。

「琴羽！」父親見琴羽走出來，興奮地走向前，琴羽這時卻伸出手，將刀刃抵向父親的喉間。

「琴、琴羽？妳怎麼……」

「吶！爸爸，可以聽我說一件事嗎？」

「好……妳想說什麼？」父親冒冷汗問。

「那就是……假如有人跟你說，只要殺死我的話就會有一百億，而且是真的會有一百億喔！那麼，你會對我下手嗎？」

「不會。」父親果斷的回答，讓琴羽有些驚訝。

「爲什麼？」

「這還用說，因爲妳是我的寶貝女兒啊！讓妳繼續活下去就是我的目標，我怎麼可能會殺妳呢？」

「所以說，如果立場互換的話，你會允許我嗎？」

「妳的意思是說……如果換成妳殺死我，就能夠拿到一百億？」

琴羽點頭，瀏海蓋過了雙眼。

「我會允許喔！」

「咦？」

「如果能用我這條命換上妳未來的幸福，那我願意，畢竟這段時間讓妳過得那麼苦，這都是我的錯。所以爲了贖罪、以及身爲父親的責任，爸爸我……是願意被妳殺死喔！」

父親說完，挺起胸膛笑道：「所以來吧！琴羽，爸爸是不會怪妳的喔！」

見父親笑容滿面，琴羽持刀的手開始顫抖。

「你……你怎麼可以這樣子？」琴羽嘶啞怒吼，熱淚奪眶而出。「你怎麼可以先是毀了我，然後又說爲了我的幸福而犧牲自我！」

「琴羽！」父親突然將琴羽抱入懷裡，哽咽地說：「抱歉，這些日子讓妳過得那麼辛苦，爸爸真的很抱歉……」

「別說了！」琴羽奮力將父親推開，再來一聲金屬撞擊的輕響，這是刀落在地上所發出的聲音。

她放棄了。

即使在剛剛的吶喊中了解自己對父親的心情是憎恨的，但她依然還是下不了手。畢竟這些年她與父親一同辛苦地走來，這些羈絆、這些互動的時間早已能彌補父親先前所犯下的錯！

這就是女兒，全世界的女兒都有著能夠體諒父親、原諒父親，並與父親攜手活下去的愛！

「即使會違約，也不想殺死妳父親嗎？」背後傳來金靈的聲音，琴羽轉身，露出微笑說：「是啊！因爲我深愛著他，所以就算能換取幸福快樂的未來，但沒有爸爸的世界，對我來說根本一點意義也沒有。」

「不錯嘛！小姑娘！雖然妳違約了，不過妳啊！是我遇過第一個因爲他人而放棄自己機會的人喔！」

「別這麼說，我只不過是想通了而已。」琴羽此時閉上眼睛，張開雙臂說：「那就快點吃了我吧！在我還沒開始害怕之前。」

「嘻嘻！我是很想吃妳啦！但是……」

「但是？」琴羽睜開一隻眼問，就見金靈笑著說：「就如我先前所講的，我並不能直接對人類下手，能夠下手的，就只有簽約者……」

心口突然一震，琴羽感到有種冰冷的感覺急速從背後蔓延全身，腹部同時也感到有溫熱的液體流下，流至大腿，流至小腿，最後，地板傳來了滴答滴答的聲響。

「咦？」琴羽低頭看去，就見自己的胸前突出了金色的刀尖，腳下則是一片殷紅的血泊。

「這……這是？」實際上琴羽沒有發出疑問，因爲她說話的時候，聲音都被吐出的血沫蓋掉了，現在的她，滿口鮮血，灰色的帽T也濕了一大片。

「這樣……我就有『一百兆』了吧？」

聽見熟悉的聲音，琴羽的眼前不禁化爲模糊的淚幕。

「爸……爸爸？」琴羽持續咳著血沫，她想要轉身見父親，身子卻無法使力。

爲什麼……爲什麼……爸爸會……

琴羽抱著這樣的疑問，往底下溫熱的血泊中倒去。

很奇妙的，她迎面撞上地面的瞬間沒有感受到任何痛楚，只覺得身子忽冷忽熱，彷彿體內調節溫度的功能已經失調一般。

「真是厲害，我還是頭一次見到這種策略呢！」這是金靈的聲音。

「是啊！因爲再怎麼說她都是我女兒嘛！只要想辦法裝可憐，那就能夠讓她回心轉意了呢！」這是爸爸的聲音。

不過那個人，並不是爸爸吧？

爸爸他……怎麼可能會說出這種話呢？這一定是某個有著爸爸嗓音的人在說話對吧？

爸爸他啊！可是會因爲我出賣身體賺錢而哭泣的喔！所以這個人，絕對不可能是爸爸，絕對不可能！

「但是你還真殘忍啊！你知道你女兒爲了你付出了多少嗎？」

「知道啊！先前才知道她在賣身賺錢，媽的！當時我超想跟她說，沒事不要做這種讓我名聲掃地的事情。不過現在怎麼樣都無所謂了，反正我已經得到了一百兆，接下來總算是可以過上真正幸福的人生了！」

不會吧……爸爸你……你真的是這麼想的嗎？

你那時候哭得那麼傷心……純粹只是怕我讓你蒙羞而已？

「不是！琴羽。」

「咦？」

「爸爸我啊！是真的爲妳感到很不捨，因爲妳是我的骨肉，所以我都能感受到妳受的傷有多疼！」

「是……是真的嗎？」

「是啊！琴羽，在這世界上啊！爸爸最愛的人就是妳了。」

見父親對自己和藹的笑，琴羽也跟著笑了，雖然身子越來越冷，意識也越來越模糊，但她卻能感到心中有股溫暖不停湧入。

沒錯！現在在她眼前的，才是讓她甘願捨身賣命，無論遇到什麼困境都要一起生活的、那一位她最愛的——父親。

百鬼夜行

怨剎

百百目鬼

正值青春年華的十七歲少女上野千咲，在禪炎女子高校中一直都是備受矚目的焦點。許多學妹都喜歡跟她黏在一塊，無論是吃午餐、社團活動還是去圖書館，只要千咲一有行動，那身後必定會留下學妹的足跡。

先不管這是不是女子高校特有的學姊崇拜文化在作祟，上野千咲本身確實有著讓人難以抗拒的魅力。

首先，她的父親上野睦雄是日本前五百大企業之一的董事長，每個月都會給千咲一筆可觀的零用錢，讓她能肆無忌憚買下許多女孩夢寐以求的名牌商品。再來她的母親阿比蓋爾・希瑟頓是英國超級名模，其優秀的基因賦予千咲一身白皙的肌膚以及如洋娃娃精緻的五官，再加上父親血緣所遺傳下來的傳統黑直秀髮，讓她簡直活像是從動漫中跑出來的美少女一樣夢幻。

不過上述這些其實都還不足以構成她深受愛戴的原因，真正讓學妹爲之瘋狂的是她那如福爾摩斯般的超凡智慧。除了每次校內測驗都獨占學年第一寶座外，她還習得一身十八般武藝，舉凡小提琴、木吉他、鋼琴、長笛、芭蕾、空手道、劍道等等，每一項才藝均有獲得國家專業認證，就連老師都不禁爲她優秀的才能感到萬分敬佩。

雖然上野千咲是如此出類拔萃，在她光鮮亮麗的外表下依然還是與常人一般藏有祕密，就連祕密本身的質量都硬是比別人驚世駭俗。假設把這份祕密寫信寄給東京警視廳，那到時候上野家肯定會被各大電視台的記者給擠得水洩不通，因爲從來都沒有人想過，近年來讓各大商圈人心惶惶，甚至還令警視廳顏面無光的竊盜魔赫密斯，居然就是上野集團董事長的女兒！

先來解釋什麼是赫密斯好了，這名稱其實是千咲在進行偷竊時所使用的犯罪代號。過去她只要每犯罪一次，就會在現場留下一張印有「赫密斯」英文草寫的名片，而赫密斯一詞源自於希臘神話中一位竊盜之神的名字。

千咲之所以會將神之名作爲自己的犯罪代號，不外乎就是性格自戀的她認爲自己能夠與神並駕齊驅。早在五歲那年，千咲被父親逼著去學她最討厭的鋼琴時，她就在鋼琴老師那裡偷了許多珍寶以洩她對父親的不滿；長大以後，家人不停逼她學習各種才藝更是助長她的偷竊行徑。

她先是從商店偷竊演化到街頭偷竊，再從街頭偷竊演化到入室偷竊，到最後甚至還將魔爪伸向商圈的消費者，一年前在秋葉原發生的大規模失竊案正是一個例子。

當時，秋葉原警署在連續兩個禮拜內，接獲大量民眾報案說錢包不翼而飛，口袋還被人放一張印有赫密斯草寫的名片。警方調查後發現受竊人數竟多達四千多人，如此嚴重的事態當然引起政府高度關注，東京警視廳在備感壓力下，趕緊組織專案小組調查這有史以來最離譜的大規模竊盜案。但由於調查方向錯誤，他們誤將赫密斯設為團體犯罪，所以破案進度一直停滯不前。

而千咲在感受到有史以來最大的成功後，她深深陷入完全犯罪所帶來的快感中。看到警方被她耍得團團轉，再看犯案後受竊者們在新聞上哭訴的模樣就讓她一身暢快。就這樣，她持續以赫密斯之名對東京各大商圈伸出魔爪，宛如都會傳奇的犯案手法還讓她在２ｃｈ上多了一票粉絲；犯案巔峰期間甚至還讓民眾不敢上街，大家都怕一出門，錢包就跟著一去不回。

直到兩個月前，千咲才突然因為某個原因金盆洗手，東博的八橋硯箱失竊案便成了她的最後一案。

＊＊

一日清早，千咲在搭乘私人專車前往學校途中，見到幾名學妹聚在人行道上喧鬧，千咲很好奇她們到底在吵些什麼，便要司機先在這讓她下車。

其中一位名叫芽衣的學妹見到千咲，興奮地喊：「是上野學姊耶！」其他三名學妹聽聞，紛紛像聽到偶像駕到一般，爭先恐後地向千咲打招呼。

「上野學姐早！」「學姐早安！」「千咲姐早！」

「早安啊！」千咲莞爾一笑，直接問她們：「妳們聚在這裡是在做什麼呢？」

「呃……我們在討論要不要報警……」一位名叫愛琉的學妹指著人行道的樹說。

千咲往她指的方向看去，就見那棵樹下擺著一個兔子造型的布偶，兔子布偶約一公尺高，是屬於常見的玩偶抱枕類型。不過雖說普通，但現在的東京，其實正被布偶碎屍案的恐懼給籠罩著，所以這布偶若是碎屍案犯人所放置的話，那麼，在那極其可愛的外表下，肯定會藏有一團血淋淋的孩童碎肉！

「傻孩子。」千咲輕敲愛琉的頭。「如果發覺到什麼不正常的狀況，那就直接報警就對了。」

被敲頭的愛琉用無辜的表情說：「但最近不是也有很多模仿犯到處放布偶嚇人嗎?所以我們後來又覺得應該要先看看裡頭有沒有……」

她話還沒說完，頭又被千咲敲了一下。

「不管是真的還是模仿犯罪，總之，若是有引起民眾恐慌的話那都要報警。」

「是……我知道了。」愛琉含淚抱著頭說。

「話說回來，妳們有聽到嗎？」名叫睦美的學妹皺著眉頭問。

最靠近布偶的杉奈反問：「聽到什麼？」

「就是有一種喀答喀答的聲音啊！妳沒聽到嗎？」睦美問。

「聽妳這麼說，好像真的有耶！」杉奈將手豎在耳旁凝聽，接著看向布偶說：「好像是從裡面發出來的。」

聽到這句話，瞬間聯想到某種恐怖東西的千咲趕緊大吼：「喂！妳們快點離開這裡！」

「砰！」的一聲，兔子在千咲的吼音下跟著爆炸了。

「哇啊啊——」學妹尖叫連連，爆炸轟出的風壓讓她們跌得東倒西歪。千咲離得較遠所以沒被風壓掃到，但卻有一截滑膩膩的腸子落在她的肩膀上。她愣了一會，以為是哪個學妹的內臟，便迅速對跌在血泊中的學妹掃視一番，見她們的數量與爆炸前相同後才暫時鬆了口氣。不過學妹們現在才要開始面對這如地獄般的血腥場面。

「嗚哇！這些東西是什麼啊！」沾染一身碎肉的杉奈驚聲尖叫；在旁的睦美更可憐，小小的嘴巴被塞進一團血淋淋的臟器；愛琉的頭髮淋上一層殷紅的肉醬；芽衣的懷中則是抱著碎裂的果凍物，千咲憑先前讀過醫學書籍的經驗認出那是人的腦袋。

看來剛爆炸的兔子正是布偶碎屍案的兇手放置的，而且他這次還在裡頭藏了顆炸彈營造血肉橫飛的效果。接著在學妹們大吐特吐後，警車的警笛聲才逐漸從遠方傳來。

事後，千咲陪同學妹一起配合警方做筆錄。在換到千咲進行筆錄時，那些警方應該想都想不到，眼前這位彬彬有禮的少女，竟然就是先前害他們被上司盯得滿頭包的竊盜魔赫密斯吧？

如果是數個月前的千咲，可能還會對這種罪犯與警察擦身而過的情節感到興奮。但她現在滿腦子只想把碎屍魔揪出來碎屍萬段，因爲這變態居然在她學校附近撒野。一想到方才學妹們各個被嚇到魂飛魄散的可憐模樣，她就感到心中一陣憤怒。

做完筆錄後，校方很貼心地讓受到驚嚇的她們回家休養。

千咲在搭乘私人專車回家途中，手機響起了霍斯特·威塞爾之歌，樂曲旋律澎湃激揚，是納粹黨的黨歌，同時也是千咲父親的來電鈴聲。

猶豫了幾秒，千咲用著有些嫌惡的心情按下通話鍵。

「爸，有什麼事嗎？」

粗啞的嗓音傳來。「我剛有接到校方的通知了，不過因爲還在跟客戶開會的關係，現在才暫時空出一點時間來……妳應該沒有受傷吧？」

「嗯！我沒事。」千咲回覆的口氣，像機器人般冰冷冷的。

「是嗎？沒事就好……」

「爸，你百忙之中打來，應該不是只有要說這些而已吧？」

沉默片刻，父親才嘆了口氣說：「唉！我說千咲，既然妳今天不用去學校，那妳要不要趁現在去見北條先生？」

北條先生，全名北條信司，是北條集團的總裁，他所帶領的集團與上野集團一樣都是日本前五百大企業之一，雙方爲競爭對手。但北條集團因爲是跨國企業的關係，所以實力上遠比上野集團還要強盛。

千咲的父親知道若是繼續競爭下去，作爲傳統企業出身的上野集團遲早會被淘汰。爲了避免未來將面臨的巨大損失，千咲的父親決定將千咲作爲與北條集團商業結盟的籌碼。而從小到大一直被父親牽著鼻子走的千咲，當然不接受這種毫無感情的商業聯姻，所以無論父親問多少次，她的回應始終都是「不要。」

當然，現在也是。

「千咲，難得今天有空，妳就真的不考慮一下嗎？我跟北條先生見過很多次面了，他人其實很好，談吐也很斯文，我覺得妳跟他一定和得來，所以妳……」

「我已經說過不要了，再見！」千咲掛斷電話後，還不忘把父親的號碼設爲黑名單。

真受不了……我的人生到底哪時候才會由自己作主？

千咲將手撐在車窗旁，氣憤地望著外頭飛逝的街景。

唉！真懷念以前作爲赫密斯在東京橫行的日子啊……

千咲憶起她金盆洗手前的生活，只有在那段時光中，她才覺得自己活出真正的自我。畢竟赫密斯的名聲都是她靠自己的力量爭取到的，比起父母逼迫而習得到的各種才能，讓東京各大商家聞風喪膽才是她這生中唯一感到最有成就感的事！

雖然後來被警方通緝，讓她每天都得繃緊神經、緊戒四周是否有在等待她出手那一刻的警察。但由於從小到大，在父母指導下的她總是過得一帆風順，所以這種前所未有的巨大壓力反倒是令她精神振奮，千咲也是在這時才明白自己是屬於遇強則強的性格。

不過俗話說惡有惡報，縱使千咲她只是爲了逃出父母所架設的牢籠而踏上邪道，但公平的老天爺並不會因此放過她。就在她剛完成八橋硯箱失竊案不久，她的左手掌心立刻就冒出了一顆眼珠子。

是的，你沒看錯！就是一顆水汪汪、又能夠接收外界各種光源，並在腦內轉換成影像的眼珠子！

千咲在驚見她的第三隻眼後，猛然想起先前曾讀過的一篇民間故事。那篇故事的內容大致上是在說，很久以前有一位大小姐，因爲到處偷東西而遭到神罰，全身長滿眼睛，從此變成人見人打的怪物。

先不管那篇故事的真實性。在千咲手掌心裡的確實是顆活生生的肉眼，而這明顯違反生物常理的怪事，當然嚇得讓千咲不得不終止她的犯罪行爲。

在她金盆洗手後，眼睛的消失更是讓她深深感到這是來自上天的警告，因爲每當她產生邪念時，那顆眼睛就會伴隨一陣劇痛從她手掌心長出。既然光是用想的就會冒出來，那若是真的犯罪，事態肯定會變得比現在還要嚴重。爲了不讓那篇故事的情節在自己的身上重演，千咲只能咬緊牙關，眼睜睜放棄她夢寐以求的自由。

隨著赫密斯的消失，網路上的竊盜魔粉絲團自然也跟著解散了，加上近日布偶碎屍魔的崛起，讓千咲覺得自己就像過氣的明星一樣逐漸失去立足之地。明明原先是她站在東京犯罪界的頂層，每天的新聞報導都是繞著她轉，但如今她的名聲卻被一個來路不明的混蛋給蓋過去，加上今天早上的爆炸案更讓她感到很不是滋味……

想到這裡，千咲忽然靈機一動，想到了一個能夠讓赫密斯繼續聞名、又能夠不讓眼睛長出的方法，那就是……只要她用赫密斯的名義搶先警方逮到碎屍魔的話，那麼就算不偷東西，一樣也可以讓赫密斯的神話延續下去！

雖然還沒想到具體辦法，不過一想到碎屍魔被逮的那一刻，各大新聞頭條都打著「破天荒！竊盜魔赫密斯竟搶先警方逮獲布偶碎屍魔！」之類的標題，千咲就忍不住想偷笑。而且比起與警方玩永遠不會輸的老鷹抓小雞，像這種私法制裁者的情節似乎更刺激、更浪漫呢！

千咲此時露出充滿自信的笑容，她覺得或許這才是神喝止她別再偷東西的目的也說不定，因爲她優秀的才能就是要用來對付東京的黑暗勢力。於是回到家後，她開始著手搜集與碎屍魔有關的資料。

先拋開這次的爆炸案不說，先前連續五起相同的犯案手法，讓千咲輕鬆認定碎屍魔是屬於連環殺手的類型。而要抓到連環殺手其實不難，只要從他的犯案時間、地點、犯罪手法與被害者中找出共通點，那就能從中挖掘出連環殺手的蹤跡。這份技巧在罪犯側寫中被稱爲地緣剖繪技術，千咲在過去曾讀過原文的環境犯罪學所以知曉這套技術。

在彙整所有相關資料後，千咲從中整理出三項重點：

第一、碎屍魔犯案流程是先將誘拐來的孩童監禁五天，然後在第五夜時將其剁成碎塊塞入掏空的布偶，並在第六天早晨將藏有碎屍的布偶棄置街上。

第二、民眾發現藏屍布偶的時間都是在上午五點至七點，而孩童失蹤時間都是在下午三至五點。

第三、藏屍布偶被發現的地點均在新宿，而且還能依照時間順序在地圖上畫出一條線；孩童失蹤的地點都在世田谷，一樣能依照失蹤日期在地圖上畫出一條線。由此可知，碎屍魔若持續犯案下去，那這兩條線最終將會在新宿與世田谷之間、也就是在澀谷上重疊！

那兩線交錯之處的澀谷正是碎屍魔所在之處嗎？

不！第一個藏屍布偶被發現的地點與第一位受害者失蹤的地點差了老遠。兩線逐漸靠近的情況是從第二個藏屍布偶被發現後才開始的，且一邊都在早上發生，一邊都在下午發生，那麼澀谷比較有可能只是犯人上下班通勤的必經之處罷了。

在此先解釋爲何千咲會得出這樣的結論。原因很簡單，因爲這條路線上並沒有車站，所以要把誘拐來的孩童從世田谷帶到新宿就只有開車才能做到；加上案情中還有上下午時間差的要素，讓千咲更加肯定犯人絕對是利用通勤時間來進行犯罪！

若真是這樣的話，那麼犯人所在之處就是在新宿了，上班地點則是在世田谷。他在下班途中先誘拐孩童，直到第六天早上從新宿老家出發時再將藏屍布偶丟棄街上。

在得出這樣的結論後，千咲聘請徵信社幫忙調查在世田谷中，有哪些店的營業時間是從早上八點開始。會這樣調查是因爲犯人棄屍時間全都是在七點半之前，而新宿與世田谷通勤時間約三十分鐘上下，所以犯人上班時間很可能是八點至九點間。接著再分別調查在這些店家上班的員工中，有哪些人是住在新宿。之後再把每天都會經過碎屍魔犯案路線的人給挑出來，那應該就能夠得到嫌疑最大者的名單。

兩天後，千咲從徵信社那得到一份名單，名單上總共有十九人符合上述標準。向徵信社人員道別後，接下來就是千咲的工作了，她得盡快對這十九人進行『探訪』，因爲光是她自己就能找出這麼多線索，那具有專業技術與優秀人力的警方肯定也快接近真相了。

如果千咲不能趕在警方前揪出碎屍魔，那麼她就會失去東山再起的機會。雖然未來肯定還會有其他更厲害的犯罪者出現，不過千咲可不想讓近在咫尺的大魚就這麼溜走。於是在每晚連續探訪三家的進度下，千咲在第四夜總算來到了重生的舞台。

＊＊

深夜，朦朧的月幕下涼風颼颼，千咲在一棟老舊的民宅前看著名單。前田武一，男性，三十一歲，模具作業員，是她第十位拜訪的對象。

抬頭望去，民宅兩層樓的窗戶沒有一個是亮的，看來前田已經睡了；就調查資料來看，他沒有其他同居人，這對千咲來說挑戰性瞬間減了六成。

拿出慣用的開鎖刀俐落撬開正門的鎖，像貓一樣低身潛入前田家的客廳，小心翼翼關上正門後，千咲戴起從國外網購來的軍用夜視鏡。

「哇！」千咲在心底發出驚呼，因為才剛戴起夜視鏡，她就在綠色的顯示屏中見到堆積如山的布偶。千咲又驚又喜地認為自己肯定是挖到寶了，但這樣還不夠，她還要找到更多與碎屍魔有關連的物品，以防到時候自己其實只是抓到布偶收集狂而鬧出笑話。

靜悄悄溜進廚房，廚房器具擺設整潔，沒有如她想像中一片血肉模糊，這多少讓她有些失望，接著，像貓一樣弓起背踏上客廳與廚房間的樓梯，用著輕盈的步伐來到二樓。

二樓的左右兩邊各有一個房間。千咲先蹲著往左房走去，將耳朵貼在門上，便聽見震耳欲聾的打呼聲，看來前田睡得正香，現在進去是絕佳的機會。不過千咲習慣先把屋內所有空間都摸過一次以防萬一，所以她走回樓梯口，往右邊房門前去。

結果上前一看，她才發現這扇門居然被上了三道大鎖。擅闖民宅好幾百次的千咲可是頭一次見到這種情況，幸好她開鎖功力了得，不到三十秒就解開了這三道鎖，平均一道鎖只花了她九秒的時間。

鎖解開後，輕輕地、慢慢地將門推開。

一股濃厚的臭味瞬間撲鼻而來，是汗臭味與尿騷味混在一起的味道。千咲捏著鼻子，從門縫中鑽進去，皮膚馬上感受到黏答答的悶熱感。

之後，她見到一個小女孩蜷縮在地。

「Bingo！」千咲在心中默喊。

今晚她正中紅心，這棟房子的主人前田武一，就是近日讓東京陷入恐慌的布偶碎屍魔！

熟睡的女孩，瘦小的身子只穿著一件單薄的洋裝，在她身子附近還放了一盤吃剩的吐司與空的牛奶罐。

看樣子已經被監禁一段時間了呢！不然剛被監禁的人是不會有什麼食慾的。

好了，既然已經確定這裡是碎屍魔的家，那就按照計畫，明早趁前田外出時，先向各大新聞台寄出赫密斯的犯罪預告吸引警方注意。等到警方前來調查，再將前田家的正門打開引導他們進入室內。而他們見到客廳那堆布偶後，應該就會意識到這裡不太尋常了吧？

然後只要等他們發現二樓被監禁的女孩，立刻就會了解這裡是碎屍魔的家，接著在他們火速緝拿前田武一後，媒體也會跟著發現赫密斯的犯罪預告，正是要引導警方前去逮捕碎屍魔的！

到時候，各大新聞媒體勢必會大肆報導赫密斯誘導警方逮獲碎屍魔的新聞，而赫密斯的神話也將在媒體狂熱的報導下浴火重生！

「是誰？」女孩的驚叫聲傳來，千咲嚇了一跳，趕緊伸手摀住她的嘴巴。

「噓！安靜。」千咲將女孩壓倒在地，而女孩在一片黑暗中倉皇無措，不停踢著腳劇烈掙扎。

「不要害怕！姊姊不是壞人，我現在放開手，妳千萬別叫；叫了，我們倆都會死！」

女孩聽聞，明白在房間內的人並非是這幾天不斷蹂躪她的前田，點了點頭。千咲戰戰兢兢地放開手，見女孩安分地靜望著她後才鬆了口氣。

「好了，妳再忍耐一下，姊姊我明天就會帶警察來救妳了喔！」千咲摸摸她被汗水浸濕的頭髮說。

「明天，我就不在這裡了。」女孩用著極小的聲音說。

「咦？」

「他說今晚……就是我最後一晚……」

就在這時，千咲的夜視鏡突然爆出一道閃光，讓她雙眼疼得像被竹條鞭打到一般劇痛無比！

「喂！妳是誰啊？」男子粗獷的嗓音傳來。

是前田！由於他打開房間的燈，導致戴著夜視鏡的千咲產生暫時性失明。

「嗚……」千咲把夜視鏡甩落在地，努力睜開流淚不止的雙眼，但僅僅只是睜開一毫米的寬度，她竟是感到肉眼像被上千根針戳刺般異常難受！

可惡……若是眼睛睜不開的話，那她就只能在這裡等死了……

等一下！就算現在雙眼看不見，她不是還有第三隻眼嗎？

於是在一片黑暗之中，千咲將左掌心亮向前方，開始在腦海中回想兩個月前成功竊取八橋硯箱的那份興奮感，她想藉由那次的邪念來催發出第三隻眼。隨即一種像被利刃撕裂的劇痛從左掌心傳來後，千咲的情緒才冷靜下來，因爲這份疼痛正是神罰顯現的徵兆！接著在前田的驚呼之下，千咲的腦海中便躍入了第三隻眼的畫面。

一名身穿黑色圍裙、留著平頭的男子就在房門旁，一臉蒼白地看著千咲。

「那是什麼東西啊？妳……妳是怪物嗎？」前田驚恐大吼，看來就算是窮凶惡極的殺人狂，在見到超乎常理的事情還是會被嚇得魂飛魄散。

千咲很機靈，她趁前田陷入混亂時，將他對未知的恐懼提升至更高的層級。

「我是怪物沒錯！被這隻眼睛注視到的人都得死！如果不想死的話，現在給我讓開，我還可以饒你一命！」

「哇啊啊啊！」前田在千咲的咆哮下嚇得跌坐在地，但隨即他從腰間拿出一把長約二十公分的剁骨刀，站起身說：「既然被看到就會死，那我現在讓開也沒意義了！」

接著他朝著千咲揮出刀來，千咲趕緊往左一閃，但由於是第一次使用第三隻眼進行動作，所以尚未適應的身體當然讓千咲跌得四腳朝天。

「可惡……」千咲慌忙起身。

看來就算有第三隻眼，若是身子還沒習慣的話，她依然寸步難行，這個道理就如剛裝上義肢的病人需要花時間適應一樣！

既然現在連躲都沒辦法躲，那麼她就只剩下一個辦法了。

那就是……直接與前田決一勝負！

「喝！」千咲大吼一聲，藉此內氣外放，穩定情緒。

方才揮空的前田轉過身來，準備再給千咲致命一擊；千咲則是將雙膝微蹲，並亮出左手的眼珠直瞪前田。

在傳統的空手道裡有一招名爲縮地的招式，此招原理是利用股四頭肌的爆發力強化衝拳的力道，其威力凶猛無比，由高段的空手道大師使用甚至能將敵人一擊斃殺！

此時，兩者散發的殺氣令現場氣氛凝重劇變，在旁的女孩甚至因這股壓力而喘不過氣。接著在前田一聲斥吼之下，刀身閃電襲來；千咲見狀，倏地踢出右腳蹬地向前，頓時一聲巨響，她的右拳已深深陷入前田的胸膛之中。

「哇喔——」前田吐了口血，瞬間往後牆飛去，霎時又是一聲轟天巨響，泛黃的牆面應聲碎裂。

她擊敗前田了！

「耶！」千咲興奮歡呼，同時也慶幸當年父親有強逼自己去學空手道，要不然現在倒在地上的可能就是自己了。

「好！趁現在快走吧！」千咲抓起女孩的手，用左手的眼睛探路，不料她才剛走到樓梯口，身後立即傳來了前田的怒吼。

「妳這怪物，把她還給我！」

「該死！那傢伙居然還能動？」千咲聽聞前田的腳步聲傳來，直接將女孩抱起並一鼓作氣往一樓跳去，好在千咲的運動神經了得，即使從二十層階梯上一躍而下，她的腳也沒有受傷。

將女孩放下後，繼續用左眼探路，千咲跑起步來動作協調，看來她的身體已經適應第三隻眼了。

但就在她帶女孩出門的那一剎那，她的左手臂上忽然傳來一大片的灼熱感，這份痛楚，彷彿就像被人拿熱熔膠槍一滴滴淋在手臂上般痛苦難受！

「不會吧……」千咲屏息顫慄，因爲她的腦海裡竟開始躍進大量畫面，若是用小女孩的角度來看，就是水汪汪的眼珠子正不停從千咲的左手臂上綻放而出！

「爲什麼？我明明什麼東西也沒偷，爲什麼還是會遭到神罰？」千咲驚慌地對空吶喊，小女孩則是因這怪異的景象而發出尖叫。

「喂！快把她還給我！」前田的吼音傳來。

不行！還不能停下來，一定要趕快帶女孩逃離這裡！

於是千咲強忍左手的痛楚，再度拉起女孩的手向街外狂奔，不過在奔跑途中，千咲發覺除了左手臂以外，現在她的右手、胸口、雙肩還有其他地方全部都開始產生灼熱感，數以百計的畫面湧入腦中更是讓她頭痛劇烈。

就在這時，不遠的巷口處亮起了警車的警示燈，是巡警！

「救命啊！」千咲朝著警車的方向大聲呼救，上頭的警察貌似聽到了，一個轉彎，車子朝千咲駛來。

「妳這混蛋！看我把妳砍死！」前田憤怒吼道，千咲從頸後的眼睛能見到他正加快腳步。幸好警車已駛到千咲正前方，上頭的警察跳了下來，舉槍大吼：「不准動！」

「太好了……這下得救了……」千咲牽著女孩的手繼續上前，不料警察卻對她喊：「我說不准動啊！妳這個怪物！」

「咦？」千咲本以爲他是在喝止身後的前田，但沒想到警察喝止的人其實是自己！

另一位在車上的警察拿起對講機，似乎是在請求支援。

「妳……妳不要動啊！」警察渾身顫抖地看著千咲，然後又像是見到鬼般迅速將槍移指向一旁吼：「喂！你這傢伙也別給我動！」

這次換前田被大聲制止，不過前田並沒有因此打消殺死千咲的念頭，他緊握著剁骨刀緩步上前。千咲見狀，認為留在原地一定會被殺，於是她心一橫，拉起女孩朝警車奔去……

「砰！」

震耳欲聾的槍響劃破夜空，千咲發覺腦海裡一個畫面像攝影機壞掉般瞬間黯淡，緊接著肚子傳來一陣劇痛讓千咲往地上倒去，女孩也趁這時候逃到了警察身後。

千咲抱著不斷湧出鮮血的肚子，撕心裂肺地吼：「為什麼要對我開槍？」

「因為妳他媽是怪物啊！」前田在千咲身後舉起剁骨刀。千咲從刀身的反射中見到了自己，剎那間，千咲總算明白了警察的反應，因為現在的她全身上下佈滿眼睛，其恐怖的姿態就連千咲自己都感到噁心至極。

此時第二聲槍鳴響起，前田的左胸破了一個洞，當場斃命。
「就叫你們不要動了，你們是自己找罪受的啊！」開槍的警察緊張地說。
「不是的……我……」千咲虛弱地在地上爬著，但在警察的眼裡卻像百眼異形準備對他突擊，於是在未知的恐懼下，警察再度扣下了扳機。

＊＊

隔日上午，芽衣與愛琉走在前往學校的人行道上，在經過上禮拜發生爆炸的地點時，她們兩人還是會心有餘悸地打起寒顫。
「唉……不管洗了多少次，我還是會隱約覺得我的頭髮有股腥味。」愛琉撫著自己的長髮說，之前就是她的頭髮被淋上一層肉醬。
「我更慘……我現在只要看到紅色的果凍就會想吐。」芽衣吐著舌頭說，之前懷裡抱著一團碎腦的人就是她。
「喂！大消息啊！」杉奈帶著睦美從對街跑過來說：「妳們有看到今天早上的新聞嗎？」
「沒有耶！怎麼了嗎？」芽衣搖著頭說。
睦美激動地說：「碎屍魔被警方槍斃了！」

「什麼？真的假的？」愛琉與芽衣齊聲驚問。

「是真的！但這不是重點，重點是……」杉奈將手上的報紙打開，芽衣她們兩人便見報紙頭條大大印著「恐怖！新宿驚見百眼異形？警方：已請專家介入調查。」

「百眼異形？什麼東西啊？」芽衣摸著下巴問。

杉奈指著報紙的內文說：「唉呦！妳看這裡啦！」

杉奈所指的那段寫著「凌晨一點，兩名警察在巡邏中聽見女子的呼救聲而火速前往救援，但在他們見到女子後都嚇了一跳。因爲該女子全身上下都是眼睛！而且她的身旁還帶著一名小女孩，由於事情過於詭異，他們立刻向總部請求支援。不料就在這時，那名女子身後竟又殺出一名拿著菜刀的男子，警察當下認爲這兩人極度危險，爲了防止小女孩受到傷害，警察立刻將兩人擊斃。男子身中一槍，當場身亡，女子則是身中五槍而死，目前遺體正被送往東京醫學院給專家研究。至於男子的身分，警察從小女孩口中得知男子就是布偶碎屍魔，現在警方已經請專案小組前往男子家中進行調查。」

芽衣驚嘆：「哇！這新聞離奇到都可以去拍電影了。」

杉奈亢奮地說：「對啊！東京真是越來越亂了，先是竊盜魔赫密斯，再來是布偶碎屍魔，然後現在又爆出個百眼異形！我看照這樣下去啊！就算以後出現八岐大蛇也不是不可能！」

「夠了喔！妳這個妖怪控。」睦美拍了杉奈的頭說。

「不過碎屍魔死了真的是太好了呢！」愛琉說。

「是啊！不曉得千咲學姊她有沒有看到這篇新聞？如果她有看到，應該也會很高興吧？」芽衣微笑地說。

此時，校園的鈴聲傳來，四人聽聞後才驚覺時間都已經那麼晚了，於是她們趕緊收起話題，並用最快的速度朝校門奔去。

八岐大蛇

毫無預警、毫無徵兆，四月十一日上午十點五十七分，史無前例的究極災難從東京的空中降下，中央、江東、澀谷、新宿等區接連以不可思議的速度瓦解。接著在八小時後，二十三區二十六市全數被摧毀的東京步入了名存實亡的末路。

當日上午十點五十五分，中條恭太駕著白色轎車駛在八王子市的道路上。身穿筆直西裝的他滿臉憂愁不是因為同事搶了他的客戶，也不是因老闆扣他薪水，而是在稍早載女兒稚奈去澀谷的中學途中和她大吵一架。

雙方爭執的點不外乎就是圍繞在新手機、名牌包、去學長過夜之類的家庭常見問題上。雖說恭太不是只會要求孩子乖乖讀書那種死腦筋類型的家長，但他也忍受不了稚奈蠻橫無理的性格，若是拒絕她的要求她就會擺臭臉給你看。但說穿了，會讓稚奈如此沒大沒小其實是恭太自己的問題，如果他過去不要那麼寵愛稚奈，或許她就能成熟懂事些了吧？

不過他也沒辦法狠下心管教稚奈。畢竟在三年前，讓妻子當著稚奈的面前離家出走，導致稚奈心靈受創的人就是在外偷腥的自己，所以恭太後來會這麼寵稚奈，倒不如說是在向她贖罪。

突然，大地一陣劇烈晃動，像是地底下有什麼東西爆炸一般，恭太連人帶車被這股強大的力量轟到半空中，他的頭還因此撞到車頂，接著在腦海一片暈眩下，車子重重地摔回地面。四周傳來人們的尖叫與物體墜毀的巨響，恭太摸著滲血的後腦杓，忍著痛推開車門。

「好痛啊……」恭太下車後還差點跌倒，幸好他前方有輛鋼板變形的小客車撐住了他的身子。

「喂！你沒事吧？」那輛客車的駕駛跑了過來，恭太一看，是一名染著金髮、年約二十多歲的年輕小伙子。

「撞到頭了，不過應該沒事……」恭太忍著痛說，隨後往馬路上看去，就見一整排車的引擎全都冒著白煙，還有幾輛汽車是四輪朝上；腳下的柏油路面像旱災一般龜裂嚴重，不遠處的紅綠燈整座倒了下來；倉皇無助的人們往馬路上聚集，尖叫、慘叫與哀嚎聲響遍整個街區，讓人有種置身在戰亂國家的錯覺。

「不知道是不是地震，因爲剛剛只有震一下，怪詭異的。」青年說。

「的確很詭異，不然你上網一下，看看有沒有什麼新聞吧！」恭太靠在年輕人的車旁說道。

年輕人拿出手機，滑著螢幕，其他人則是繼續驚聲尖叫，恭太還聽到有人喊著「救命！誰能幫我移開這東西？」之類的話，貌似是被車子壓到吧？不過他現在沒心情理會，因爲他的頭仍像被釘子打進去般痛苦難受。

「哇！原來不只這裡，剛剛是整個東京都震了一下耶！」青年驚訝地看著手機。「而且還有網友說，在港區上面忽然冒出一大片烏雲，現在不停打著超大聲的雷，非常嚇人！」

「是喔……」由於港區離澀谷很近，這讓恭太開始擔心在澀谷唸書的稚奈。

「那你能幫我查一下澀谷的情況是怎樣嗎？」

青年「嗯！」的一聲，不到幾秒，他就大聲地說：「哇靠！那邊災情頗嚴重，很多大樓都被震毀了！」

「不會吧？」恭太整個人彈了起來，腦海中的暈眩頓時煙消雲散。他一把搶走青年的手機，就見螢幕裡有張一〇九百貨像是被導彈轟炸過般滿目瘡痍的照片，百貨前的街口還活像是災難片中的場景般，除了掉滿大樓的招牌與碎瓦外，還有一堆翻覆且燃燒著熊熊大火的車輛。

「好慘……啊！得趕快確認稚奈她有沒有事！」恭太拿出自己的手機，滑開頁面。青年見手機桌布是一名長髮女孩的照片，直問：「你說的稚奈是這孩子嗎？」

「是啊！她是我女兒，現在就在澀谷那上課……」

恭太緊張地撥打稚奈的手機，但打了好幾次都沒有打通，這讓他心急如焚。在吼了一聲「可惡！」後，他坐回駕駛座內拚命轉著車鑰匙，但無論怎麼轉，車子的引擎聲始終沒發出半點聲響，他氣得敲著方向盤吼：「快給我動啊！你這台垃圾二手車！」

「你冷靜點啦！」青年在駕駛窗旁說：「而且就算車子能開，現在整條馬路幾乎都是人和其他摔壞的車，你一樣還是無法去你女兒那邊啊！」

恭太轉過紅通通的臉來。「那你說，我現在要怎麼辦？」

「你突然問我，我也……啊！不然去看看火車有沒有停駛，如果沒有，應該是可以直達到澀谷。」

「好吧……」雖然恭太直覺火車停駛機率很高，不過他一心急著想去找女兒，所以還是先照青年的意見去八王子車站。

在前往車站途中，恭太仍持續打著稚奈的手機，但話筒另一端始終都是語音信箱，她的學校專線也是一直處於忙線中的狀態。這讓恭太感到心裡像是著了火般非常難受，他很擔心早上那場糟糕的爭執會成爲他們父女倆最後一次的回憶，在旁的青年則是不斷安慰他說不要想那麼多。

在穿過落滿玻璃碎片的人行道，繞過一台被震到側翻的大卡車後，他們來到八王子車站北門。

八王子車站與SOGO百貨爲一體成形，建築雄偉壯觀，正門前還有一座巨大的天橋直通內部。不過現在天橋上全都是從站內蜂擁逃出的人們，恭太隨便抓了位剛下天橋的女子問：「裡頭出了什麼事？怎麼一堆人都跑出來？」

只見女子滿臉驚嚇地說：「列……列車出軌……月……月台……」

「到這裡就行了，謝謝妳。」恭太放開她的手，她就倉皇地跑掉了。

「唉……其實不意外。」青年嘆了口氣。「剛剛的地震可是連車子都被轟上天，高速行駛中的火車不出軌才有鬼。」

幾台直升機從空呼嘯而過，青年滑著手機說：「哇勒！新聞說這次的地震好像不是真的地震，因爲氣象廳那裡沒有測到震央，所以他們……」

恭太沒有聽進青年的話，在他耳裡迴盪的只有稚奈兒時的哭喊聲。青年發現恭太正默默地往京王飯店的方向走去，他趕緊抓住恭太的肩膀問：「等等，你要去哪裡？」

「澀谷。」

「什麼？現在交通一片混亂，你是要怎麼過去啊？」

此時恭太轉過身來，用著堅定無比的眼神對青年說：「用走的！」

（上午十一點十分，澀谷）

耳朵像是被什麼東西遮起來一樣，同學的哀號聲在稚奈耳中聽起來又沉又悶。

稚奈緩緩將自己的身子撐起，模糊的視線化爲清晰，接著，一片狼藉的教室映入眼簾。

書桌、椅子全翻得四腳朝天，同學們各個姿態狼狽，渾身是傷；剛剛還在講台上講課的老師，現在則是頭破血流地倒在講桌前。

「到底……發生什麼事情了？」稚奈用著顫抖的嗓音問。

在昏厥之前，她唯一記得的一件事，就是她在抄老師在黑板上寫的重點時，忽然一個劇震，她整個人瞬間從椅子上彈到天花板，在感到後背一陣劇痛後，她的意識就跟著斷了。

回憶完後，稚奈轉頭看向一旁的響子，只見她四肢反方向歪曲，面貌凹陷；稚奈朝天花板看去，見上頭正滴著殷紅的血。

「嗚……」稚奈摀起嘴巴，害怕地往後退去，結果一退就踩到某種柔軟的物體，她低頭一看，是一名倒臥的男同學，他朝下的臉孔流滿鮮血，稚奈終於發出尖叫。

「原來妳還活著啊？」一名留著梨花頭的女同學從教室正門探了進來。

「秋、秋海？」稚奈詫異地說。

雖然秋海是稚奈在班上最討厭的人，因爲她常常欺負她，不過在此時此刻，秋海的出現反倒讓稚奈感到安心不少。

「現在大家都在往操場移動，妳也快點來吧！」秋海招著手說。稚奈這時也才發覺到學生的躁動聲是從外頭傳來的，看來他們已經聚在樓下一陣子了。

「那他們呢？」稚奈指著其他倒臥在地的同學問。

「大概都沒救了。我剛剛喊了好幾次，只有幾名同學有回應，現在還能動的人都走了，只剩下妳。」

「不會吧……」

「快走吧！妳不走我就先走了喔！」

「好啦！等等我……」

正當稚奈跟上前去，窗外忽然傳來如萬獸齊鳴般的長嚎，其聲音震撼到穿雲裂石，如雷霆乍震！緊接著地面再度劇烈晃動，數條裂縫如蛇行般迅速在教室中擴散。稚奈眼見自己就快要跟教室一同崩塌墜落，幸好一隻手及時抓住了她的手腕，她才沒有因此掉下去。

「抓好！千萬別放手啊！」秋海一手抓著門緣，一手抓著稚奈的手腕喊道。

「我當然不會放手！」稚奈往眼前的斷垣殘壁一蹬，立刻令自己往秋海的方向躍去，剎那間兩人撞成一團，雙雙跌在走廊上。

「哇！剛剛真是好險！」稚奈將蓋住臉的長髮往後撥去，便見秋海一臉蒼白地望著教室，稚奈跟著往秋海看的方向望去，隨後不禁倒吸一口氣。

「天啊！這……這到底是怎麼回事啊？」

整個教室……不，應該說是前方一大片的空間全部都消失了，現在在她們眼前的，只有一望無際的巨大坑洞。稚奈渾身發抖地往洞內看去，赫然發現下方深不見底，一片幽暗。

「哈哈……我的手機和錢包都還在裡面耶……」稚奈苦哈哈地笑，在如此戰慄的氣氛之下，她只能苦中作樂來穩定自己的情緒。在她身後的秋海則是低聲咕噥著：「學校的操場……就在那邊……大家……大家都……」

（上午十一點十四分，八王子市）

由於震後的街區很危險，招牌掉落與瓦斯氣爆事故層出不窮，基於安全考量，恭太選擇走在空無一物的鐵道上。

「哇賽！有網友拍到東京鐵塔上有一隻不明生物體！」青年驚慌地喊。

「什麼？」恭太到青年身旁，他的手機螢幕正在播放一部短片，片中場景距離東京鐵塔大約有五個街區吧？時不時晃動的鏡頭帶出了拍攝者忐忑不安的心情，畫面雖然模糊不清，但還是能見到東京鐵塔上方，似乎纏繞著一條活生生的巨大生物！

「這不是真的吧……」恭太額頭冒汗。

青年將手機貼近自己的眼睛。「看起來好像是條蛇。」

「蛇？有那麼大隻的蛇嗎？」恭太難以置信地說。東京鐵塔高度爲三百三十三公尺，而那條纏繞在塔尖上的蛇幾乎就占了東京鐵塔的四分之一了！

「而且牠剛剛還叫了一聲！我看到其他網友說，在牠叫完後，那附近的區域全都發生了地層下陷的情形，超可怕的！」

「那澀谷呢？澀谷那邊有沒有怎樣？」

「不知道，那邊現在好像一片混亂，沒什麼人回應……」

「是嗎……」恭太垂頭喪氣，走起路來搖搖欲墜。青年拍拍他的背說：「不要擔心，像這種時候就要更相信你女兒還活著，以正面的思緒祈禱才能召來奇蹟！」

「哈……那是你們年輕人流行的迷信嗎？」

「不是啦！這是有科學根據的。國外科學家研究發現，如果以正面思考來面對困境，那最後一定會讓情勢大逆轉；反之，若是只沉浸在負面情緒中，那最後的下場都會很糟糕。」

恭太對這種說法嗤之以鼻。「那只是心理作用而已吧？人在快樂的時候，無論碰到什麼事都會覺得很高興啊！」

「好吧！你這樣解讀也是可以。不過在這種情況下，以負面的情緒來面對根本一點幫助都沒有。」

青年說完後，恭太陷入沉默；半晌，恭太說：「話說回來，你其實沒必要跟我一起去澀谷吧？」

「有必要啦！我家人在世田谷那邊，世田谷不就在澀谷旁邊嗎？所以有順路。」

「原來如此……冒味問一下，你的家人是？」

「我媽媽，她被診斷出有阿茲海默症，現在在世田谷的養老院治療。」

「是嗎？抱歉……」

「不會啦！對了，我還不知道大叔你的名字呢！難得踏上同一條路，來自我介紹一下吧！」

「喔、好啊！我是中條恭太，是個一直被上司打壓，還被同事欺負的基層業務員。」

「我是前川成太，是個沒女朋友也沒有妹妹的人生失敗組。」

「什麼意思？」

「大叔你是不會懂的。」成太露出微笑，但那雙深邃的眼眸，卻帶出了他這二十年一路孤單走來的淒涼與滄桑。

（上午十一點五十三分，澀谷）

「稚奈，小心！」秋海一把將稚奈推開，一台冷氣機硬生生掉落在兩人之間發出「砰！」的爆裂聲。

稚奈跌坐在地，滿臉盡是驚恐。

「來吧！」秋海朝她伸出手來，稚奈握起後，輕輕說了聲：「謝、謝謝。」站穩身子後，稚奈總覺得心裡很不踏實。明明在事故發生之前，秋海對自己的態度總是很惡劣，不僅會對她污言穢語，還時不時找她的碴，但現在唯一能依靠的人居然也是她，這讓稚奈感到心情有些微妙。

「喂！在那邊的！」不遠處有位警察拿著大聲公喊：「建築物下方很危險，快點過來馬路上！」

「抱歉！我們馬上過去！」秋海大聲回覆，隨即拉著稚奈的手往人潮中移動。

現在的馬路就像街頭遊行般佈滿海量人潮，幾十位警察從中指導大家往杉並區前進。因爲在二十分鐘前，自衛隊的戰鬥機才剛對反方向的東京鐵塔一陣轟炸，現在那區被大量沙塵壟罩，還有紫白色的閃電從中竄流而過，景象萬分詭異。目前所有專家一致表示，在那隻生物的真面目被確認之前，應先讓民眾盡速遠離東京。

「喂喂！這家新聞台也太不要命了吧？」人潮裡，一名青年拿著手機驚呼，另一名青年看去，直喊：「哇塞！靠得超近的，不過這下也能看清楚那個怪物到底是死了沒有。」

在旁的稚奈聽到他們的對話，好奇地向他們搭話：「不好意思……也可以讓我們看一下嗎？」

「好啊！」青年好心地將手機給她們看。稚奈見新聞台的直播鏡頭，正放著被轟炸過後的東京鐵塔上空的拍攝畫面，但由於那端塵土飛揚，鏡頭前一片昏暗；忽然，一隻龐然大物從中竄出，畫面霎時的晃動讓稚奈她們看得膽顫心驚，不過鏡頭很快就穩住了，看樣子記者他們乘坐的直升機沒出什麼意外。

「這……這是什麼啊？」稚奈詫異地問。畫面中的巨獸頭尖身粗，全身佈滿暗綠色的鱗片，頭上還突出幾根堅硬的長角，簡直就像神話中才會出現的生物一樣。

「這是龍嗎？」拿著手機的青年問。

「我倒覺得比較像蛇呢！」秋海才剛說完，那條大蛇就吐出了細長的舌頭發出「嘶嘶！」的聲音。

「喂！快看，那條蛇身上好像發生什麼事了！」青年指著螢幕驚慌地喊。稚奈見到大蛇的頭開始從中垂直分裂，大蛇的左右兩邊各自往外翻去；蛇頭中間因裂開而皮開肉綻的血肉，竟又開始長出新的血肉，並迅速地將左右兩側的半顆蛇頭填滿；隨後，本來只有一顆頭的大蛇，現在已經化爲雙頭巨蛇了！

「不會吧？居然變成了兩顆頭？」稚奈驚呼。

「難、難不成是進化之類的嗎？」青年顫抖地說。

此時，其中一顆頭仰起對空發出嚎叫，青年的手機螢幕瞬間變得黯淡，接著在震耳欲聾的嘶嚎之下，澀谷的上空立刻化爲一片火紅。

地面再度劇烈晃動，逃難的人群因此跌得東倒西歪，尖叫聲與物體墜毀聲開始從四面八方傳來。稚奈跪在地上，抱著身子說：「不、不會又要再發生一次了吧？」

「喂！大家快看天空！」青年指著天空，稚奈他們就見火紅的天空上正掉落著數顆……不！是數以百計的火球！它們就像流星雨般，以迅雷不及掩耳的速度往街道上轟炸過來！

「啊啊啊啊啊──」

民眾的尖叫聲劃破天際，人群霎時如暴漲的溪水般波濤洶湧，一瞬間就將稚奈與秋海沖散開來。由於大家爭先恐後地逃竄，因此還有人在這波浪潮中被推倒在地，當場遭數百位民眾踐踏至死！

「秋海！妳在哪裡？」稚奈在狂亂的人潮中拼命呼喊，身後不停竄來的人群撞得她後背直發疼，心裡同時也萬分恐懼，深怕一個不小心就會被推倒。

才剛想到這，稚奈就被人群擠到一台廂型車的車旁。不斷蜂擁而上的人們讓她感到呼吸困難，淚水在充滿驚恐的眼眶中打轉，但就在她一度以為自己會先死在人群中時，一雙手抓住了她的胳肢窩，將她從人潮裡拉到廂型車的車頂上。

「嚇死人！還以為妳不見了。」秋海在車頂上擦著汗說。

「秋海……」稚奈一見秋海，淚水不禁奪眶而出。但秋海這時卻對她伸出手掌說：「要感動等之後再說吧！現在先想想要怎麼面對這些！」

秋海朝廂型車後方指去，稚奈就見一顆火球轟炸到不遠處的人群中，那端的人群立刻在赤紅的火光下四分五裂，血肉橫飛。

緊接著她們身後接連傳來「砰！」的爆炸聲，人類的殘肢一下子就飛得到處都是，還有一隻斷腿掉在廂型車上。稚奈見那隻被炸得焦黑的腿，不禁乾嘔。

「看樣子是無處可躲了呢！」秋海看著不停被轟炸到支離破碎的人們說。

「怎麼會……」稚奈一陣腿軟，癱跪在地，流滿淚水的臉上盡是懊悔。

如果早知道今天會發生這種事的話……那她今天早上就不會跟父親吵架了……

稚奈現在好後悔，後悔她在死前居然僅因一些芝麻小事而和父親爭執。如果還能再見父親一面的話，稚奈好想再跟他重修舊好。

但一切都太遲了，眼看四周的人們已經被火球帶來的烈焰所吞沒，還有四周建築物不停崩塌、宛如市界末日一般的畫面，稚奈就感到心灰意冷。弱小的人類，在未知的浩劫下根本無力反抗，他們唯一能做的，就只有默默等待死亡的到來而已。

「唉……既然是最後了，稚奈，我有話想對妳說，妳聽了可不要嚇到啊！」

「……妳想說什麼？」稚奈消沉地問。

「那就是……雖然我以前很常欺負妳，我也承認我這樣做其實是不對的，但那其實是因爲我不懂得要怎麼……」秋海說到這，突然一聲巨響傳來，距離非常近！秋海此時二話不說，立刻彈出身子撲向稚奈。稚奈就在被秋海撲倒途中，見到一棟大樓從秋海的背後壓了下來！

接著在巨大的轟鳴之下，稚奈眼前的畫面便如失去訊號般消失不見。

（下午五點四十分，世田谷）

明明正值春季，世田谷卻下起了大雪，陰暗的天幕下眼前一片白茫，在地面積出五公分高的雪更是讓人寸步難行。穿著防寒風衣的恭太與成太兩人緊咬牙關，就算刺骨的寒風襲來，他們也要硬起身子繼續前進！

「幸好剛剛經過的服飾店倉庫裡還有庫存的風衣，要不然我們就死定了呢！」成太的聲音因爲牙齒凍得打顫，所以聽起來斷斷續續的。

「可惡！那條大蛇……居然把東京搞成這副德性！」恭太氣憤地說，一心想找女兒的熱血讓他能夠抵抗不斷襲來的寒風。

「真不知道下一次又是什麼災難……」成太擔憂地說。

其實在恭太與成太來到世田谷前就已經遭遇過六場災難了，每一次災難都是從大蛇分裂出新的頭、並對空嚎叫後開始。新的蛇頭生長出來約需一小時的時間，也就是說，現在的東京，每過一小時就會經歷一場浩劫！

恭太彎著手指說：「最先是地震，再來是隕石，第三次是電磁脈衝……」

成太追加一句：「所有的電子設備也都是在這時候無效化的！」

恭太「嗯！」了一聲，接著說：「第四次是冰雹，第五次是龍捲風，而第六次……就是現在了。」

恭太抬頭，充斥狂亂雪花的街道映入眼簾。

「這些災難完全沒有規則，根本就沒辦法預測下次到底會發生什麼啊……」成太拼命摩擦著手說。

「至少時間是能夠確定的。」恭太舉起手錶，指針已經來到四十五分的位置。「只剩下十五分了啊……」

忽然，成太停下了腳步。

「就……就是這裡了……」

「你是說你母親的養老院嗎？」恭太問。

「嗯……」

雖然在暴風雪之中很難看清前方，但恭太他還是隱約見到前方有座已經倒塌的建築物。

「你確定這裡就是嗎？現在視線不佳，要不要再過去確認一下啊？」

「不用了，就是這裡。」

「你怎麼那麼肯定？」

成太朝另一個方向指去，恭太就見那裡有座哆啦A夢的銅像。

「不會錯的，因為我記得很清楚，養老院對面就是那個有哆啦A夢的公園。」

「是嗎……」

此時，暴風雪的風漸漸緩了下來，就跟之前一樣，每當新的蛇頭要出來之前，先前的災情就會開始緩和。恭太猜這大概是大蛇為了醞釀下一場天災，所以需要先積蓄能量吧？

「唉……其實我是因為嫌照顧我媽很麻煩，才會把她送到養老院去的。」

恭太沒有說話，在凝至冰點的氛圍下，他感到有些沉重。

成太繼續說：「雖然現在大家都因為生活忙碌的關係，所以都會把父母送去養老院，但是我其實閒的很，因為我……我是個啃老族，整天都只會用母親先前所存的錢玩樂而已！」

成太說到這，雙眼流出斗大的淚水。

「成太……」由於成太突然情緒崩潰，恭太不曉得該說什麼比較好，於是欲言又止，繼續讓成太說下去。

「可惡……如果早知道會發生這種事，我當初就不會把她送來這邊的養老院了……」

「等等！或許醫護人員已經把她送到其他醫院也說不定啊！」

「不可能！越靠近港區的地方，地震越嚴重，我看許多網友說，在第一場災難發生時，這邊所有交通就已經全面癱瘓了。」

「是嗎……」恭太想起方才在暴風雪中走路時，的確是一直撞到翻覆的車輛。

恭太摸著頭說：「抱歉，我不知道該說什麼……」

「沒關係，你走吧！」

「咦？那你呢？」

「我想一個人待在這裡。」

雙方陷入沉默，在寒風完全停止後，恭太才說：「好吧！那我就繼續前進了。」

「嗯！小心一點。啊！還有，你一定能找到你女兒的！」

「謝謝！這是一定的！」恭太豎起了大拇指後，就留下成太，獨自往澀谷前進。

在積滿厚雪的街道上，恭太邊走、邊回想成太方才的反應。

人果然只有在絕望之際，才會意識到與家人之間的羈絆有多麼重要嗎？

唉……稚奈，真希望妳能平安無事啊……

恭太看著陰鬱的天空，在心中默默祈禱。

突然，大蛇的嚎叫聲再度傳來，恭太慌張地舉起手錶，發現上頭的指針已經來到了五十七分。

「該死……第七場災難要來了嗎？」

天空頓時雷聲隆隆，恭太警覺不對勁，趕緊跑到一旁尚未崩塌的公寓下方。

接著果不其然，一道雷帶著巨響擊中恭太剛才所站之處，方圓一公尺內的東西瞬間被炸到翻天覆地。看來那道雷的威力不比先前的隕石還差，這讓恭太咬牙切齒地說：「可惡！這樣我是要怎麼去澀谷啦？」

吼音剛落，數道雷再度從恭太的眼前轟隆降下。

（下午六點四十一分，澀谷）

稚奈倏地睜開雙眼，映入眼簾的只有無窮的黑暗。

「這……這是哪裡啊？」稚奈緩緩坐起身子，在伸手不見五指的黑暗中揮了揮手，結果一揮就摸到上方有面堅硬的牆，往左摸去，也是一片冰冷的牆。

難道是在大樓底下嗎？

她還記得在昏迷之前，最後的記憶就是看見有棟大樓往自己與秋海的方向壓過來……

對了！秋海人呢？

「秋海！妳在哪？」一片漆黑之中，稚奈只聽到自己的呼喊聲在耳邊迴盪。

不會吧？不會就只剩我一個人而已吧？

稚奈想到這，夾帶悲傷的寒意從骨子裡竄出，她不禁痛哭失聲地喊：「秋海！妳在哪裡？如果有聽到就快點回應我！秋海——」

「吵死了！」秋海的聲音從不遠處傳來。「我在這裡啦！妳這個愛哭鬼！」

稚奈聽到聲音，立刻興奮地喊：「秋海！原來妳還活著！」

「是啊！」

「妳在哪裡？在哪裡在哪裡在哪裡？」稚奈情緒激動到說話都跳針了，秋海不耐煩地說：「妳冷靜點啦！仔細聽我的聲音。」

語畢，秋海輕輕地哼起了歌，稚奈從她哼的旋律中聽出這首歌是「昂首向前走」。這首歌爲歌手坂本九演唱，目前在全世界銷售已高達一千三百萬張，而這首歌同時也是之前三一一大地震時的祈福之歌；在如此絕望中的場景下聽到這首歌曲，稚奈感到格外感動。

趴在地上，朝著歌聲傳來的方向前進後，稚奈抓到了一隻溫暖的手臂。

「找到妳了！」

「我也是。」那隻手握住了稚奈的手，雖然眼前一片漆黑，但秋海的聲音非常近，讓稚奈確認前方這個人就是她沒錯。

「還好妳還在，要不然……要不然我……」稚奈緊抓著秋海的手，眼眶不禁因高興而濕潤起來。

「哈哈！妳能那麼高興是很好，不過抱歉……我還是得像往常般來破壞妳的興致呢！其實我啊……我大概快不行了……」

「咦咦?為什麼要這麼說?」

這時稚奈感到秋海抓起她的手往旁挪去，隨後稚奈感到手掌有種滑膩膩的感覺，接著秋海又帶稚奈的手摸向上方，稚奈便發現有一塊堅硬且冰冷的碎石在上頭。

「不、不會吧?秋海妳……」

「對……我的下半身被壓爛了，不過很意外地不怎麼痛呢!哈哈!」

「妳……都這種情況了，妳還笑得出來!」

「反正我註定要死啦!所以哭也沒有用……咳咳!」

秋海在咳的同時，稚奈還感到臉頰似乎沾染到溫熱的液體，那應該是秋海咳出來的血。

「秋海!」稚奈撲向秋海的身子，即使秋海在過去曾是自己最厭惡的人，什麼事情都要跟她唱反調，但現在稚奈根本不想要管那麼多，她只想要秋海能繼續陪她一起度過這絕望的困境。

「對了……既然老天爺好心讓我還有一口氣活，我就趁現在把剛剛的話說完吧……」

「嗯！請說。」

「我喜歡妳。」

感到耳根子燙得火熱，已經是五秒鐘後的事情了。

「咦咦——」稚奈被秋海這句話嚇了好大一跳。「妳、妳說的喜歡，是指……」

「唉喲！就是男女生之間的那種喜歡啦！」

「不會吧？」稚奈難以置信地說，明明以前在班上，秋海總是時不時在欺負自己啊？

「妳……妳不會到這種時候都還在欺負我吧？」

「沒有，我是認真的。」

「騙人！既然妳喜歡我，那爲什麼之前還要這樣欺負我？」

「妳說在妳的化妝包放沙子嗎？」

「嗯啊！」

「還有摔妳的手機。」

「對啊！那隻手機是最新型的耶！才剛上市不到一個禮拜螢幕就被妳給摔傷

了！」

「我就是因爲它剛上市才去摔它的。呵呵！」

「妳……」稚奈放開秋海的手。「妳爲什麼要這樣做啊？妳知道嗎？就因爲妳這樣搞，害我今天跟老爸說要換新手機時被臭罵一頓！」

「哈哈！真是抱歉啊……但我就是看不慣妳爲了融入響子她們而隨波逐流的樣子嘛！」

「什麼意思？」

「就是每次班上流行什麼東西，妳都硬是要跟上。如果是響子那群貴婦團就算了，但妳明明只是個村姑，卻還要像她們一樣愛慕虛榮，看了就討厭！」

「什麼？居然說我是村姑……我說妳啊！說喜歡我果然還是騙我的吧？」

「就是因爲喜歡妳，所以才討厭妳降低自己的格調啊！」

這時，秋海摸起了稚奈的臉頰。

「稚奈，其實我覺得妳那純樸的外貌還滿有魅力的。加上有些天然呆的性格，像是上一秒才剛用過橡皮擦，但下一秒就忘記放到哪裡去這點，我覺得很可愛喔！」

「秋海，妳……」

聽秋海這麼說後，稚奈忽然覺得自己已經沒辦法對秋海生氣；相反地，她還對秋海表裡不一的性格感到有些新鮮。

原來以前……秋海對自己抱持的想法都是這樣子啊……

「啊！稚奈，妳要有心理準備……」秋海緊抓著稚奈的手臂說：「我覺得我的頭越來越暈了，應該是失血過多了吧……」

稚奈發覺秋海的聲音越來越小，也越來越嘶啞，她趕緊握住秋海的手說：「別昏過去，拜託！如果妳真的喜歡我，那妳就給我留下來！」

突然，震撼的巨吼聲傳入了崩塌的大樓內，劇烈晃動隨之傳來；隨後，不可思議的事情發生了！這些碎石竟開始向上漂浮了起來！

「又發生什麼事了啊？」稚奈望著朝上空飄去的大樓碎塊，血色的光芒從碎塊中的縫隙透了進來。

不到十秒，稚奈周圍的碎瓦碎磚全都飄上高空之中，也因爲如此，她們才能見到東京的上空已經化爲了一片噁心的血紅色。

「哇！根本是世界奇觀呢……咳、咳咳……」秋海劇烈地咳嗽著。

稚奈低頭看去，便見秋海腹部以下真的只能用慘不忍睹來形容。

「秋海，妳……」

「稚奈，妳看天空！」秋海指著天空說。

一頭巨獸從不遠的上空處飄了過來，是條大蛇，有著八顆頭的大蛇！在每一顆有著尖牙的頭上，還閃爍著血紅色的閃電！

「八顆頭……八岐大蛇是嗎？咳嘔嘔嘔……」

秋海這次咳出的血比以往還要多，稚奈緊抓著秋海的手說：「好了啦！妳別再說話了。」

但秋海貌似沒聽進稚奈的話，她將手放在稚奈的後腦杓說：「妳的頭下來一點……」

「咦？」

稚奈感到自己被秋海壓了下去，剎那間，唇上傳來了不可思議的觸感，全身汗毛登時如觸電般豎立，等到回神過來，稚奈才發覺到……秋海剛竟然親吻了她！

「秋、秋海！妳……妳剛剛……」稚奈呼吸急促，心神不寧。秋海摸著她的臉頰，微笑著說：「稚奈，過去對妳做的那些，我很抱歉……現在也是……真的很抱歉，希望妳……妳能原……」

秋海的聲音，到這裡就停了。

撫著稚奈臉頰的手，垂了下去。

「秋海？」稚奈搖著秋海的身子，但秋海雙眼中的光芒，已經如她的聲音一同消失在虛無之中。

「秋海！」稚奈抱起了秋海的身子，明明還是那麼的溫暖，但稚奈卻能感到秋海的重量、那個名爲靈魂的重量正逐漸喪失。

「妳這個笨蛋……既然是真心喜歡我的話，那就不要在死前跟我說這些啊！就讓我繼續討厭妳不就好了？爲什麼……爲什麼要這樣對我啊？」

稚奈此時感覺胸口好疼，彷彿就像是被千百把刀捅進一般，讓她幾乎喘不過氣，而被淚水弄糊的雙眼也開始放起過往的回憶，那些記憶，幾乎都是秋海過去欺負她的種種片段。

爲什麼？爲什麼在那時候沒能發覺秋海對自己的心意呢？如果能夠早點知道秋海的想法，那她們後來應該就能夠成爲好朋友了吧？

但現在無論怎麼想都沒有用了，因爲時間並不會倒轉。這就是爲何從古至今，人們總是提倡要珍惜光陰的原因，因為懊悔所帶來的疼可是連上帝都受不了。在創世紀中出現的大洪水，不正是上帝後悔創造人類，所以才使世界淹沒在洪水之中嗎？

「稚奈！」粗獷的嗓音傳來，稚奈認得這個聲音，這是她父親中條恭太的聲音！

「爸爸？」稚奈回過頭，身穿風衣的中年男子映入眼簾。

「稚奈！」恭太立刻將稚奈抱進懷中。「還好……還好妳沒事！」

「爸爸……」稚奈將頭貼在恭太的胸膛前，恭太振奮的心跳聲直入耳膜。

恭太撫著稚奈的長髮，問道：「在妳身後的那孩子是？」

「喔？她啊……」稚奈轉過身，靠在恭太的身旁說：「她是我最好的朋友！」

「是嗎……」恭太揉著稚奈的肩膀說：「妳一定很難受吧？」

「嗯……」稚奈啜泣地點頭。

就在這時，萬獸齊嚎的聲音響遍了整個東京都。恭太與稚奈往大蛇的方向望去，就見那一頭已經爆發出了數以萬計的火球，爆炸的轟鳴逐漸從遠方靠近，但對稚奈他們來說已經無所謂了，因爲在化爲人間煉獄的東京裡，能夠與家人一同面對已經是此時此刻最幸福的事。

接著，一顆火球朝稚奈他們襲來，稚奈緊握起恭太的手，閉上雙眼，默默地與父親迎向最終的末路。

百鬼夜行——怨剎

（讀品讀者回函卡）

- 謝謝您購買本書，請詳細填寫本卡各欄後寄回，我們每月將抽選一百名回函讀者寄出精美禮物，並享有生日當月購書優惠！
想知道更多更即時的消息，請搜尋"永續圖書粉絲團"
- 您也可以使用傳真或是掃描圖檔寄回公司信箱，謝謝。
傳真電話：（02）8647-3660　　信箱：yungjiuh@ms45.hinet.net

◆ 姓名：　　　　□男　□女　　□單身　□已婚

◆ 生日：　　　　□非會員　　□已是會員

◆ E-Mail：　　　　電話：（　）

◆ 地址：

◆ 學歷：□高中及以下　□專科或大學　□研究所以上　□其他

◆ 職業：□學生　□資訊　□製造　□行銷　□服務　□金融
□傳播　□公教　□軍警　□自由　□家管　□其他

◆ 閱讀嗜好：□兩性　□心理　□勵志　□傳記　□文學　□健康
□財經　□企管　□行銷　□休閒　□小說　□其他

◆ 您平均一年購書：□ 5本以下　□ 6～10本　□ 11～20本
□ 21～30本以下　□ 30本以上

◆ 購買此書的金額：

◆ 購自：　　　　市(縣)
□連鎖書店　□一般書局　□量販店　□超商　□書展
□郵購　□網路訂購　□其他

◆ 您購買此書的原因：□書名　□作者　□內容　□封面
□版面設計　□其他

◆ 建議改進：□內容　□封面　□版面設計　□其他
您的建議：

剪下後傳真、掃描或寄回至「22103新北市汐止區大同路三段194號9樓之1讀品文化收」